The strongest brave
who craves for revenge,
extinguish with
the power of darkness

복수를 갈망하는 최강 용사는,
어둠의 힘으로 섬멸 무쌍한다

오노나타 마니마니

Illustration

아라야

손을 머리 위로 구속당하고
벽과 내 몸 사이에 낀 테오도르가
분하다는 듯 발버둥 쳤다.

"이, 이거 놔……."

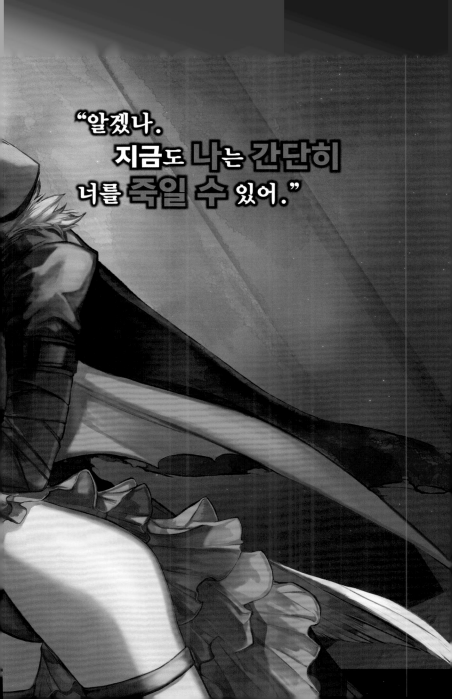

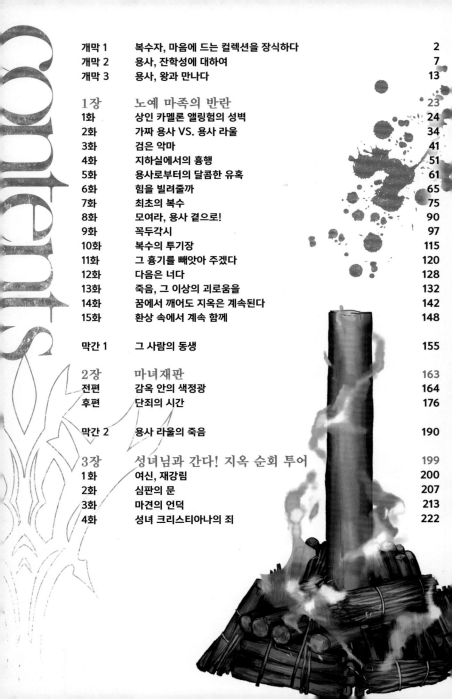

contents

개막 1   복수자, 마음에 드는 컬렉션을 장식하다   2
개막 2   용사, 잔학성에 대하여   7
개막 3   용사, 왕과 만나다   13

1장   노예 마족의 반란   23
1화   상인 카멜론 앨링험의 성벽   24
2화   가짜 용사 VS. 용사 라울   34
3화   검은 악마   41
4화   지하실에서의 흉행   51
5화   용사로부터의 달콤한 유혹   61
6화   힘을 빌려줄까   65
7화   최초의 복수   75
8화   모여라, 용사 곁으로!   90
9화   꼭두각시   97
10화   복수의 투기장   115
11화   그 흉기를 빼앗아 주겠다   120
12화   다음은 너다   128
13화   죽음, 그 이상의 괴로움을   132
14화   꿈에서 깨어도 지옥은 계속된다   142
15화   환상 속에서 계속 함께   148

막간 1   그 사람의 동생   155

2장   마녀재판   163
전편   감옥 안의 색정광   164
후편   단죄의 시간   176

막간 2   용사 라울의 죽음   190

3장   성녀님과 간다! 지옥 순회 투어   199
1화   여신, 재강림   200
2화   심판의 문   207
3화   마견의 언덕   213
4화   성녀 크리스티아나의 죄   222

복수를 갈망하는 최강 용사는,
어둠의 힘으로
섬멸 무쌍한다

The strongest brave
who craves for revenge,
extinguish with
the power of darkness

2

Author
온노나타 마니마니

Illustration
아라야

스르륵…… 스르륵……. 스르륵…… 스르륵…….

　"죽게 두지 않─아. 죽게 두지 않─아. 그렇게 간단히 죽게 두지 않─아♪"

　스르륵…… 스르륵……. 스르륵…… 스르륵…….

　이곳은 왕도의 성벽 밖, 서쪽에 펼쳐진 황야다. 내 머리 위에는 살풍경한 초승달이 어슴푸레 빛나고 있었다. 등에는 죄인을 책형에 처하기 위한 십자가를 짊어지고, 양손에는 다른 짐을 질질 끌고서 이곳까지 왔다.

　"슬슬 추워지네."

　경쾌하게 흥얼거리던 콧노래를 멈추고, 붙들고 있던 짐에서 손을 떼고, 검은 코트의 후드를 다시 뒤집어썼다.

　이 황야는 온종일 사정없이 햇볕이 내리쬐는 주제에, 밤이 되면 순식간에 얼어붙을 만큼 추워진다. 그래서 초목은 변변히 자라지 못하고 삐쩍 말라붙은 갈대만이 눈에 띄었다. 어슬렁대는 것은 배고픈 코요테나 먹잇감을 찾는 까마귀 정도. 통칭 『죽음의 계곡』이라고 불리는 장소였다. 죽음의 계곡에 왕도의 사람들이 다가가는 경우는 거의 없었다.

　그런 곳에서 내가 무엇을 하고 있느냐면──.

　"너를 장식하기에 딱 맞는 장소를 골라뒀어. 봐. 저기 언덕 위야. 멀리서부터 보면서 즐길 수도 있으니까, 언젠가 여기가 관광지가 될지도 모르겠네."

"흐그…… 으아……. 윽."

"자― 빅토리아. 조금만 더 힘내라고―."

드레스 자락에서 뻗은 하얀 다리를 양손으로 덥석 붙잡고, 조금 전까지와 마찬가지로 빅토리아의 몸을 끌고 갔다.

스르륵…… 스르륵……. 스르륵…… 스르륵…….

"어걱……. 아윽……."

벌러덩 드러누운 상태로 양손을 칠칠치 못하게 늘어뜨린 빅토리아가 힘없는 신음을 흘렸다. 왕도에서부터 계속 끌고 왔으니까 등이 너덜너덜해져서 아픈 거겠지. 뭐, 그래도 시끄럽게 소리칠 기운은 없는 모양이고, 혀도 잘라뒀으니까 얌전한 상태다. 슬쩍 얼굴을 들여다보니 눈빛은 절망한 나머지 부옇게 흐려져 있었다.

"―좋아, 도착."

짊어진 십자 말뚝을 어깨에서 내려놓고 쓰러지지 않도록 단단히 땅바닥에 박아 넣었다.

"죽게 두지 않―아. 죽게 두지 않―아. 그렇게 간단히 죽게 두지 않―아. 흥흐흥―♪"

"으…… 으그……."

빅토리아는 부들부들 떨고 있었다. 얇은 복장에 출혈도 많으니까 당연한가.

하지만 나는 활기차게 돌아다닌 덕분에 추위가 신경 쓰이지 않았다. 무엇보다도 이 작업이 너무도 즐거워서 추위를 느낄 겨를이 없었다.

잔뜩 신이 난 나는 콧노래를 부르며 말뚝에 빅토리아의 몸을 동여맸다. 무슨 일이 있어도 풀리지 않도록 팔다리를 로프로 몇 겹이나 묶었다.

"완성—!"

살짝 물러나서 다시금 빅토리아의 전신을 바라봤다. 산드라한테 찔린 상처는 막지 않았다. 드레스는 새빨갛게 물들었고, 나한테 계속 끌려온 탓에 너덜너덜한 걸레 같은 꼴이었다.

으—음. 『그날』의 나를 재현하려면 조금 더 고통을 줘야 하나? 하지만 나와 달리 가냘픈 공주님이시다. 너무 과하게 했다가 죽어버리면 의미가 없다.

"일단은 이 정도일까. ——작품명은 『달밤과 책형의 공주님』. 품, 하핫! 웃기네. 제법 로맨틱한데!"

"으윽…… 아으……?"

빅토리아가 질문하듯 신음했다.

"어? 어째서 이런 짓을 하느냐고? 이것 참, 잊어 버렸어?"

네가 나를 책형에 처한 그때. 너는 내게 죽을 권리조차 주지 않고, 잔뜩 괴롭혔지. 빅토리아는 성녀의 가호로 쉽게 죽지 않는 나를 닷새나 걸쳐서 천천히, 실컷 희롱하다가 죽었다.

"그 고통을 네게도 맛보여주고 싶거든."

어둠 마법을 발동하여 빅토리아에게 다시금 『죽지 않는 저주』를 펼쳤다. 이것으로 코요테가 살점을 마구 뜯어먹든 까마귀가 눈알을 파먹든, 죽지는 않는다.

"으그으으으."

"뭐야, 외롭지는 않잖아? 자 봐봐, 다들 있는데?"

내가 가리킨 곳에는 리네 베네케 박사랑 산드라의 시체가 있었다. 그 녀석들의 시체는 썩지 않도록 미라로 만들어서 빅토리아와 마찬가지로 책형에 처해됐다.

"어? 살아있는 인간이 좋다고? 안심해. 나도 제대로 상태를 보러와 줄 테니까. 내킨다면 말야."

"으으윽⋯⋯."

"다만 너를 닷새 정도로 풀어 주거나 하진 않겠지만 말이지?"

"으히⋯⋯ 으히이이이이이이이⋯⋯!"

이곳으로 데려오고서 처음으로, 빅토리아가 저항하듯 발버둥쳤다. 헛수고야, 헛수고.

"기쁘지, 빅토리아. 너한테는 내 컬렉션 선반의 특등석을 줄 테니까."

에른스트 장군의 잔해를 유리병에 넣은 것. 그것을 장식해 둔 선반을 조금씩 조정해서 빅토리아가 중심이 되도록 균형을 잡는다. 장군만이 아니다. 그의 부하들이나 아들, 아내, 고용인. 그 녀석들의 시체에서 회수한 것도 제대로 진열을 마쳤다. 도둑맞지 않도록 강력한 결계도 쳤고.

"나만을 위해서, 여기에 복수 박물관을 만들 예정이야. 완성의 순간이 빨리 왔으면 좋겠네. 너도 그렇게 생각하지?"

"으그윽!"

이 언덕에는 아직 컬렉션을 진열할 공간이 남아 있다.

나는 마른 입술을 날름 핥고 왕도 쪽을 돌아봤다.

자, 다음으로 추가될 복수 컬렉션은——.

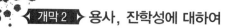 
마왕이 라울에게 쓰러진 뒤, 쿠르츠의 속국이 된 마족령 홀러바하국.

뒤에서 모든 것을 조종하던 쿠르츠의 국왕은 죄가 없는 마족들의 악행을 꾸며내어 홀러바흐를 침략한 것이었다.

패전국 홀러바흐의 백성인 마족들은 전후, 쿠르츠로부터 지독한 취급을 당했다. 고문, 학대, 노예 매매. 오늘 역시도 서쪽의 국경 근처 마을에서는 노예라는 상품을 얻기 위해 마족 사냥이 벌어지고 있었다. 붙잡힌 마족들은 인신매매 시장으로 끌려가고 그곳에서 거래된다.

"안 돼애애애애……! 이거 놔……!"

집들에서 억지로 마족 소녀들이 끌려 나왔다. 이런 광경도 패전 이후로 흔해 빠진 모습이 되었다.

이 작은 마을이 마족 사냥과 맞닥뜨린 것은 이것으로 세 번째. 젊은 남녀가 모조리 끌려간 결과, 나이도 차지 않은 소년, 소녀에게까지 노예 상인들은 더러운 손길을 뻗치고 있었다.

"그만해……! 손녀를 데려가지 마……!"

"이거 놔—! 할머니! 할머니, 살려줘……!"

소녀가 문에 매달려서 할머니에게 도움을 청했다. 노파는 손녀를 빼앗기지 않겠노라 필사적으로 노예 상인에게 매달렸다.

그 자그마한 몸을 노예 상인들이 사정없이 걷어찼다.

"아아, 할머니⋯⋯!"

"쫑알쫑알 시끄럽다고."

"앗⋯⋯!"

그때, 소녀를 괴롭히는 남자의 어깨를 등 뒤에서 누군가가 툭 쳤다.

"이봐. 괴롭히려면 거기 못생긴 아이한테나 해. 외모가 괜찮은 녀석은 상등품이야. 손님이 처음으로 상처를 입히고 싶다면서 시끄러우니까, 조심해서 다뤄."

돌아본 노예 상인은 말을 꺼낸 젊은이의 모습을 보고 헉, 숨을 삼켰다.

"용사님!"

노예 상인이 소녀를 옆구리에 품은 채로 꾸벅꾸벅 머리를 숙였다.

용사는 칠흑의 망토를 휘날리며 보란 듯이 홋, 웃었다. 미소에 왠지 모르게 퇴폐적인 색기가 있었다.

용사라고 불린 남자는 고혹적인 미소를 띠고서 주위의 상황을 둘러봤다.

"몇 마리 잡았지?"

"예, 암컷이 여섯 마리, 수컷이 네 마리입니다."

"흐—응. 이런 촌구석치고는 괜찮나. 이것으로 이 마을에는 영감과 할망구밖에 안 남았군. 그럼 이제 용건은 없어, 가자고."

그때 조금 전에 손녀를 빼앗긴 뱀파이어 노파가 뛰어나왔다.

"용사, 님…… 용사님, 부탁드려요!"

"이봐, 할망구! 라울 님께 다가가지 마라!"

노예 상인이 제지하는 것도 듣지 않고, 소녀의 할머니는 필사적으로 라울의 다리에 매달렸다.

"저는 어떻게 되어도 상관없어요……! 부탁드려요, 손녀만큼은 풀어주세요! 아직, 고작 여섯 살이에요! 노예라니, 그런……!"

"어떻게 되어도 상관없다고?"

용사는 노파의 모습을 가만히 바라보고는 픔, 웃음을 터뜨렸다.

"앗핫핫! 농담하지 말라고, 이런 할망구! 창관에서 돈을 벌기는커녕 돈을 받아도 상대해 주고 싶지 않단 말이야!"

"아하하하! 라울 님의 말씀대로다!"

"주름투성이 할망구 주제에 잘도 자기가 창부가 될 수 있겠다고 생각했네! 너 같은 건 여자가 아니라 괴물이라고!"

껄껄 웃고 있던 용사는 갑자기 진지한 표정으로 바뀌더니 노파의 얼굴에 사정없이 발차기를 날렸다.

"아윽……?!"

"……?! 할머니……!"

폭행은 그 한 번으로 끝나지 않았다. 몇 번이고 집요하게 걷어차여 노파의 코랑 입에서 피가 흘렀다.

"어극……! 윽?!"

노파는 순식간에 피투성이가 되어, 쓰러진 채로 더는 일어서지 못했다. 그것을 보고 얼굴이 새파랗게 질린 소녀가 몸을 던져 말렸다.

"할머니……! 그만해, 내가 갈 테니까……! 할머니한테 지독한 짓 하지 마……!"

"뭐야? 마족이 왜 나한테 명령을 하는 건데."

용사는 한층 더 추악한 표정으로 웃고 노예 상인들에게 명령했다.

"이봐, 가볍게 알려줘라. 죽지 않을 정도로."

"하하! 알겠습니다!"

"힉…… 시, 싫어어어어……!"

"후하하하하! 인간님께 대든 벌이다! 꼴 좋─네!"

이번에는 가련한 소녀가 폭력의 표적이 되었다. 노파는 땅바닥에 쓰러진 채로 짐승처럼 울부짖었다.

노예 상인들은 절망한 목소리를 들을 때마다 더더욱 즐겁게 웃는 것이었다.

◇ ◇ ◇

──같은 시각, 왕도의 투기장.

나는 지금 국왕용 귀빈석에 앉아서, 나를 위해서 마련된 구경거리의 개시를 기다리는 참이었다.

임금님이 앉기 위한 의자는 편해서 정말 최고. 폭신폭신한 쿠션에 깊이 몸을 묻고서 느긋하게 있으면 아름다운 여자들이 술이나 과일이 담긴 접시를 가져다줬다.

"이번 처형, 처형장이 아니라 투기장을 사용한다는 건 라울

님의 제안이시라고요. 『역시 재미있는 걸 생각해 내는군』 하고, 폐하께서는 크게 기뻐하셨습니다."

술은 사양하고 과일을 물색하는 동안, 옆에 있던 국왕의 측근이 명백하게 아첨을 떨었다. 달콤한 포도를 느긋하게 즐기며 일시적인 변덕으로 상대해줬다.

"매번 처형장이 무대라면 질리잖아? 애당초 그 광장은 단차가 없으니까 말이지―. 뒤쪽 관객한테 불친절하니까, 처형을 구경거리로 삼는다면 단연코 투기장이 걸맞아."

투기장은 객석이 계단 형태로 되어 있으니까 구경거리를 보여주기에는 적절한 구조다.

"하지만 나 같은 게 임금님의 자리를 빌려도 괜찮나?"

"예. 폐하께서 꼭 그리 하라고."

"흐―응. 어쩐지 미안하네."

포도즙이 묻은 손가락을 핥는 사이, 측근은 양손을 비비며 말했다.

"라울 님께서는 저희의 구세주시니까요! 저희 왕께서도 당신의 공훈을 찬사하셨습니다. 라울 님께서는 저희의――."

나는 천천히 측근을 올려다봤다.

"저희의, 라니 내가 너희의 『물건』이었던가?"

"히……익."

웃으면서 물어봤는데도 측근의 안색이 단숨에 새파랗게 질렸다.

"왜 그래? 계속하라고."

"아, 아뇨, 저기, 그게……."

뭘 겁먹고 그래.

그때, 쇼의 시작을 알리는 징 소리가 크게 울려 퍼졌다.

기다리던 소리에 고개를 들자, 손이 뒤로 묶인 남자들이 투기장 안으로 연행되는 모습이 보였다. 대충 세어도 백 명 이상. 어느 놈이든 탄탄하게 단련된 상반신을 드러내고서 부들부들 떨고 있었다. 장군과 함께 많은 마을을 불태웠던 『영웅들』이 지금은 이런 꼴. 나라에 먹칠을 한 죄인 취급을 당하고 있으니 우습다.

"──자, 장절한 방법으로 죽여줘. 나는 피가 잔뜩 흐르는 모습을 보고 싶거든."

모처럼 내 사냥감을 양보해 줬으니까, 호쾌하게 부탁한다고.

의자 팔걸이에 턱을 괸 나는 두근두근하며 처형의 개시에 잔뜩 들떴다.

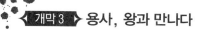

──처형이 끝나고 한 시간 뒤.

나는 오늘의 쇼에 대한 감상을 전하기 위해 왕이 있는 곳으로 향했다.

국왕 폐하께서 계시는 곳은 아우에르바하 성의 남쪽에 있는 별궁 안. 그는 항상 그곳에 있으며 움직이지는 않는다.

내가 얼굴만으로 경비를 패스하여 성 안을 지나 왕의 방 앞에 도착하자, 문을 지키던 위병들은 노골적으로 긴장하는 모습을 보였다.

경계하지 않아도, 너희를 잡아먹을 생각은 없다니까. 지금은 말이야.

"라울 님……."

굳은 표정 그대로, 위병들이 머리를 숙였다.

"국왕 폐하께서 부르셨다던데."

"옛! 잘 아는 바입니다!"

위병은 문을 양쪽으로 활짝 열고 실내를 향해 내 방문을 알렸다.

"용사 라울 에반스 님이 왔습니다."

널찍하고 호화로운 실내의 중앙에는 거대한 침대가 놓여 있었다. 나는 주머니에 손을 넣은 채, 가벼운 기분으로 안으로 들어 갔다.

침대를 둘러싸듯 설치되어 있는 거대한 마도구에 우선 시선이 닿았다. 투명한 유리 용기 안에는 선명한 파란색 액체가 흐르고, 그곳에서 뻗은 몇 줄기 관이 왕의 몸으로 이어져 있었다. 체내로 흘러드는 것은 국가 마법사가 만들어낸 최상급 포션이었다.

패왕 같은 식으로 불릴지라도 어차피 인간. 병에 잠식된 몸은 온통 맛이 가서 최상급 포션을 넣지 않으면 오 분도 못 버틴다. 마도구에서 연결된 뱀 같은 무수한 관은 왕에게 생명줄이라는 의미였다.

"어떤가? 용사여. 내가 준비한 잔치는 즐겼는가?"

침대 위에서 와병 중인 왕이 물었다. 옆에서 시중을 들며 아첨을 떨던 측근들이 분위기를 파악하고 스르륵 뒤로 물러났다. 나는 날 위해서 열린 공간에 서서 누워 있는 국왕을 내려다봤다.

몇 년이나 병을 계속 앓은 주제에, 왕의 눈빛은 번쩍번쩍 빛을 발했다. 탐욕스러운 성격을 숨기려고 하지도 않았다. 관으로 살려놓은 늙은이일 터인데도, 천하는 자신의 것이고 모두 생각대로 움직인다고 아직껏 믿고 있는 것이다.

나는 가련한 노인을 바라보고 입가를 씩 끌어올렸다.

"잔치는 그럭저럭이었으려나."

"호오. 이제는 무용지물이라고 생각했던 쓰레기들도 유희의 제물 정도는 되었나."

"말해 두겠는데, 처음에는 완전히 미적지근했으니까. 내가 친절하게 지도를 해주고 나서야 간신히 볼 만하게 되었다는 느낌이야."

다름 아닌 에른스트 장군의 부하를 처형하는 것이다. 그렇다면 역시 조금은 멋을 부려서 화려한 무대로 장식하지 않으면 불쌍하잖아?

그런데도 처형인들은 그저 죽일 수 있다면 그만이라고 생각한 모양이었다. 위대하신 기사에 대한 경의가 부족하단 말이다.

그래서 나는 우선 산 채로 그 녀석들의 가죽을 하나씩 벗기도록 명령했다. 그리고 그 가죽을 꿰매도록 시켰는데, 격통으로 몸부림치는 녀석들에게 이번에는 약이 잔뜩 밴 인피의 옷을 입혀주기 위해서였다. 땅바닥을 구르고 다리를 버둥버둥 격렬하게 움직이며 비명을 지르는 녀석들의 모습은 볼 만했다고. 그야말로 죽음의 무도라는 느낌으로.

처음에는 주저하던 처형인들도 점점 피 냄새와 환호성에 흥분했을 테지. 마지막에는 피투성이로 그것을 즐겼다. 모인 관객들은 그 광경을 즐기며 크게 환호성을 터뜨렸던가.

"미워하는 것도 아닌 상대의 처형을 노골적으로 기뻐하다니, 이 나라의 민중들은 정말로 굉장하네."

"후하하. 잘도 말하는군. 그대 정도는 아니야."

내가 웃자 왕은 잠시 생각에 잠기는 것 같더니 이렇게 말했다.

"잔인한 흉행을 희희낙락 저지르는 그 사악함. 유일무이하다고 그대 스스로도 생각하겠지?"

거드름 피우는 말투로 천장을 계속 올려다보며 왕이 중얼거렸다.

"무슨 말이 하고 싶은데?"

"──용사를 자칭하는 자가 국경 근처에서 마족 사냥을 하고 있다는 보고가 들어왔다."

"호오. 나는 매일 왕도에서 호화롭게 놀고 있는데? 설마 내 짓이라고 생각하나?"

내가 과장스러운 거동으로 어처구니없다는 태도를 취하자, 왕은 불과 일 초도 되지 않은 시간 동안 생각에 잠기듯 침묵했다.

"마족 사냥을 벌이고 있는 용사가 가짜라는 사실은 이미 조사를 마쳤다. 다만 그대와 외모가 무척 흡사하다는 모양이지만 말이야."

"흐응. 무척 흥미로운 이야기네."

뭐, 농담이지만. 물론 진즉에 알고 있었다.

하지만 나는 그야말로 처음 듣는다는 척, 그런 식으로 되받아쳤다.

그건 그렇고, 나랑 닮았다고? 감시를 위해서 보낸 분신한테서는 지독히 열화판인 가짜라는 정보가 들어왔는데.

그때, 왕한테 항상 달라붙어 있는 대신 중 하나가 쓸데없는 소리를 했다.

"외람되오나, 폐하──. 마족을 사냥하고 있는 자가 정말로 가짜인지, 현 단계에서 단정하기는 시기상조가 아닐지──."

"올컷 경. 누가 네게 의견을 허락했지."

왕이 쓸데없이 참견한 대신을 질타하려고 했다.

잠깐잠깐. 그런 지루한 전개는 바라지 않는다. 그러니까──.

"으챠."

나는 손가락을 딱 튕겨서 어둠 마법을 발동했다.

"……?! 으아악, 아아아그아아아아악……?!"

순식간에 대신의 몸이 뚝 꺾이고 점점 말라붙었다. 순식간에 미라 완성.

충신이 괴로워하며 죽어가는 모습에는 역시나 왕도 눈을 부릅 떴다. 물론 왕 자신은 내게 불평을 하지는 않았지만.

"라, 라울 님?! 폐하의 어전에서 지금 무슨……!"

다른 대신들이 떠들어대는 것을 보고 나는 가볍게 어깨를 으쓱였다.

"아니, 그게 『정말로 가짜인지』 같은 소릴 했다고? 내가 마족을 사냥한다고 의심하는 거잖아. 나 같은 착한 남자를 두고서 너무하네."

실실 농지거리를 늘어놓는 나를 상대로, 대신들은 창백한 안색으로 마구 외쳤다.

"그런 잔혹한 소행……! 우리 왕께서 잠자코 계시지 않을 겁니다!"

"그렇습니다! 빅토리아 공주조차 그런 행동을 한 결과, 벌을 받았는데──."

"됐다."

"예?"

왕의 말에 잔챙이들은 깜짝 놀란 모양이었다.

"폐하……?"

"확실히 지금 올컷 경의 언동은 불경했다. 내 신하를 대신해서 사과하지."

실내에 있던, 나를 제외한 모두가 일제히 숨을 삼켰다.

"하핫. 나는 딱히 상관없지만."

나는 방자한 태도로 고개를 끄덕이고 주위를 둘러봤다. 새파란 얼굴의 대신들이 허둥지둥 시선을 피했다. 왜 다들 혼란에 빠졌는지 나로서는 이해할 수 없었다.

어째서 왕이 나를 벌할 거라고 생각했지? 빅토리아가 같은 대신 살해로 왕에게 버림받았다고? 그런 건 공주라는 아랫것을 상대로 한 처우다.

이 왕은 나를 그런 식으로 취급할 만큼 바보가 아니다.

내가 시선을 던지자 왕은 흥, 코웃음 쳤다.

"본론으로 돌아가지. 그대의 가짜 건 말이다만…… 아무래도 그대의 동료였던 대마도사 벤델과 함께 행동하고 있는 모양이다. 벤델은 지금 항만 도시에서 광범위한 수입업을 하는 캐머런 앨링험이라는 이름의 상인 옆에 있다."

"호오."

처음 듣는 정보입니다, 그런 표정으로 흠흠 고개를 끄덕이며 듣고 있지만 당연히 전부 알고 있었다.

벤델도 앨링험도 내 복수 대상이다. 그 녀석들의 정보를 내가 알아두지 않았을 리가 없잖아.

"그 녀석들은 아무래도 마족을 노예로 만들고 그것을 팔아서 막대한 이익을 얻고 있는 모양이야."

"이 나라에서 임금님의 허가도 없이 그런 장사를 한다고? 나쁜 녀석들이네—."

"그렇다. 제멋대로 구는 짓을 용서할 수는 없지. 그것이 사실이라면 가짜까지 모조리 박살내야겠군."

침대 위에서 천장을 바라보며 국왕이 멍하니 중얼거렸다. 다른 사람을 살릴지 죽일지 판단하는 것임에도 거의 건성인 말투였다. 전쟁이 끝나고 크게 도움이 되지 않으니 앨링험에 대한 관심이 옅은 거겠지.

"하지만, 괜찮겠어? 전시 중에는 암거래로 이래저래 도움이 된 상인이잖아?"

"전시 중에 도움이 되었다는 건, 전쟁이 끝나면 필요 없다는 의미지."

알겠네, 알겠어. 나도 완전히 똑같은 이유로, 더는 필요 없다는 취급을 당했으니까 말이야—.

"앨링험 암살 정도라면 누구라도 할 수 있겠지. 문제는 대마도사 벤델 쪽이다. 그걸 처분하려면 꽤나 고생할 것 같아. 여하튼 이 나라 제일의 마법사니까. 그대가 아니라면 할 수 없겠지. 짐이 무엇을 바라는가, 명령이 아니더라도 알겠지?"

무언가 말하고 싶어 하는 눈빛으로 왕은 나를 흘끗 봤다.

예이예이. 죽이고 오라는 거네.

그보다도 의뢰 같은 건 필요 없다. 누가 부탁하지 않아도, 그 녀석들은 내 사냥감이니까.

"반대로 명령할게, 임금님. 쓸데없는 참견은 하지 말라고."

그 녀석들을 어떻게 요리할지, 충분히 시간을 들여서 최고의 방법을 생각해 뒀으니까.

　내가 가볍게 어깨를 두드리자 국왕은 퍼뜩 놀라서 딱딱하게 몸을 굳힌 뒤, 시원스럽게 울리는 웃음을 터트렸다.

복수를 갈망하는 최강 용사는, 어둠의 힘으로 섬멸 무쌍한다

1장
노예
마족의
반란

과거에는 마왕령이었고 지금은 쿠르츠의 속국이 된 홀러바흐 국. 그곳에서 끌려간 마족들 대부분은 쿠르츠와의 국경 근처에 있는 항만 도시 트루트로 보내졌다.

트루트 서쪽에는 전쟁 당시, 마족 포로를 잡아두기 위해서 건설된 수용소가 있었다.

전후, 상인 캐머런 앨링험은 수용소를 개인적으로 사들여서 노예라는 상품의 재고를 관리하기 위한 시설로 개장했다. 붙잡힌 마족들은 판매처가 정해질 때까지 그 시설 안에서 강제 노동을 강요당하는 것이었다.

시설에는 귀족이나 부유한 상인들이 마족 노예를 구하러 매일 찾아온다. 그들이 마족 노예를 원하는 데에는 몇 가지 이유가 있었다.

어쨌든 일단 가격이 싸다. 예를 들면 같은 연령, 성별로 인간 노예를 사는 경우, 마족 노예의 열 배 가까운 금액을 지불해야만 한다. 게다가 한 번 구입하면 병에 걸린 상태일지라도 반품하는 것은 불가능하다. 하지만 마족 노예에게는 『시험 사용 시간』이 설정되어 있다. 마족 노예는 대여와 구입 중 하나를 고를 수 있기에, 일단 시험 삼아 대여를 하는 귀족이 많다. 게다가 만에 하나 망가져 버려도 보험이 적용된다.

그리고 같은 인간이 아니라 하등한 마족이니까 마구잡이로 취급한 끝에, 더는 움직이지 않더라도 죄의식을 가질 일 따윈 없다. 싸고 대체가 가능한 도구를 버리는 감각으로 파기할 수 있는 것이다.

그런 장점을 바탕으로 일회용 소모품으로써, 마족 노예는 편리하게 여겨지며 암시장에서 대성공을 거두고 있는 것이었다.

그리고 오늘 역시도 어스름하고 쉰 냄새가 감도는 수용소 시설 안으로, 모은 마족을 실은 마차 몇 대가 도착했다. 선두의 마차만이 지붕 달린 고가의 물건이고 뒤따르는 것들은 심하게 낡아빠진 마차였다. 포장이 걷힌 짐칸에는 손발에 수갑이 채워진 마족들이 빼곡하게 실려 있었다. 마부가 고비를 잡아당기자 무게 때문에 제대로 속도를 내지 못하던 마차가 삐걱대는 소리를 내며 천천히 멈췄다.

마족들은 겁먹은 눈빛으로 주위의 모습을 살피고 있었다. 하지만 도망치려고 하지는 않았다. 이곳으로 오는 도중, 탈주를 꾀한 자가 이미 몇 번이나 본보기를 위해 지독한 방법으로 살해당했기 때문이었다. 마족들이 숨을 죽이고 가만히 있는 사이, 선두에 있는 고가의 마차에서 검은 망토 차림의 남자가 모습을 드러냈다.

"으차."

경쾌한 발걸음으로 발판을 밟고 내려온 바로 그 남자야말로, 왕도까지 존재가 알려진 가짜 용사였다. 으—웅, 기지개를 켜는 참에 상인 앨링험이 달려왔다. 과도하게 허리를 흔들며 달리는 그 모습을 볼 때마다 신물이 나온다. 물론 그런 감정 따윈 전혀 내색도 않고 팔랑팔랑 손을 흔들어 줬지만.

면도 자국이 파랗게 변한 그 남자는, 짙은 색으로 입술을 바르고 눈가에도 강렬한 화장을 했다. 긴 속눈썹을 두른 눈을 끊임없이 깜박이는 것이 이 남자의 버릇으로, 항상 머리가 지끈거리는, 심한 향수 냄새를 풍겼다. 벼락부자 느낌의 실크 정장도 광택이 번질거려서 천박했다. 그렇다. 이 남자를 형용할 때, 『천박』이라는 단어만큼 적절한 말은 없었다.

"어서 오렴, 용사. 어때? 이번에도 풍작이었을까?"

"그래. 암컷 꼬맹이가 많아."

"어머! 그건 좋네. 나중에 내가 직접 교육해줄게."

"이것 참, 당신의 그런 성벽, 전혀 이해할 수가 없다고."

앨링험은 입가를 일그러뜨려 수상쩍게 웃었다.

"순진무구한 아이들이 겁먹은 표정으로 울부짖는 건 최고야. 그 눈물을 빨고 여기저기 핥아대고 자빠뜨리고. 우후후후후훗."

"적당히 좀 해줘. 상품 가치가 내려갈 법한 짓은 사양이야."

"알고 있어—요. 조금 맛을 볼 뿐이에—요. 구멍은 제대로 달아두고, 마지막까지 날름 먹어버리지는 않는다고—요."

그런 대화를 나누는 뒤쪽에서는, 마차에 실린 마족들이 채찍에 얻어맞고 걷어차이며 땅으로 내려지고 있었다. 초라한 마족들은 겁먹은 표정으로 몸을 맞대고, 힘겨운 시간이 지나가기를 견디듯 가만히 눈을 감고 있었다. 안타깝게도 그들의 고통은 막 시작된 참이었다.

마족들은 지금부터 소지품을 모두 몰수당하고 알몸으로 벗겨진다. 거스르거나 저항하거나 하면 전기가 흐르는 곤봉으로 사정없이 고통을 당하고, 그중에는 죽을 때까지 폭행당하는 자도 있었다. 살해당하는 것은 병에 걸리거나 수송 도중에 쇠약해지거나 해서 상품 가치가 떨어진 자들이었다. 고작 몇 명만 죽이면 많은 마족을 얌전하게 만들 수 있으니까 손실에 비해 효과는 무척 높았다.

그렇지만 그것은 어디까지나 핑계이고, 앨링험은 애당초 이 본보기라는 행위 그 자체를 즐기고 있었다. 게다가 앨링험이 좋아하는 사냥감은 조금 특수했다. 지금도 앨링험은 혀를 날름거리며 괴롭힐 상대를 찾고 있었다. 그 직후, 실로 그의 취향인 전개가 벌어졌다.

아직 어린 소녀가 겁을 먹은 나머지 실금해 버린 것이었다. 떨면서 주저앉은 것은 주근깨투성이에 비쩍 마른, 외모가 별로인 소녀였다. 그 소녀를 본 것만으로 가짜 용사는 '아아' 하고 생각했다.

앨링험이 지배하는 이 시설 안에서는 미추에 따라 운명이 확정된다. 안타깝게도 저 소녀의 운명은 끝나고 말았다. 본보기를 위해서 살해당하는 것은 언제나 외모가 별로인 아이다. 다만 외모가 괜찮더라도 다른 지옥을 겪게 될 뿐이니까 여기서 죽어버리는 편이 행복할지도 모른다.

"지리다니 더럽게! 이 녀석!"

소녀의 실수를 알아차린 감독 담당 남자가 짜증이 난 표정으로 달려갔다. 남자의 손에는 피가 들러붙은 곤봉이 들려 있었다. 남자는 소녀의 머리카락을 붙잡아서 고개를 위로 들리더니 그대로 곤봉을 기세 좋게 들어올렸다.

그 직후, 둔탁한 소리가 퍽 울리고 소녀의 몸이 땅바닥으로 쓰러졌다.

"아윽!"

"자자, 아직 멀었어!"

"아악……! 그, 그만해……! 아파……!"

비명을 지를 때마다 곤봉을 몇 번이고 휘둘렀다. 다만 간단히 죽지는 않도록 제대로 힘 조절이 되어 있었다. 본보기를 위해서 죽이려면 시간을 들여서 찬찬히 진행할수록 효과를 발휘한다. 그렇기에 천천히 괴롭히며 죽이는 것이었다.

그때 갑자기 노예들의 무리에서 여윈 소년이 튀어나와, 채찍질당하는 소녀를 감쌌다. 머리카락 색깔부터 생김새까지 소녀와 무척 닮았다. 아마도 그녀의 오빠이리라. 자초지종을 지켜보던 앨링험의 입가에 음험한 웃음이 씨익 번졌다.

"후후. 이런 전개는 대환영이야."

이번처럼 누군가가 감싸러 나오면 앨링험은 더더욱 흥분했다. 그 녀석까지 한꺼번에 죽이면 노예들 사이에 번지는 절망감이 더욱 증가한다. 앨링험은 기대감에 눈을 번들번들 빛냈다.

오빠 쪽 역시도 아직 어린 아이였다. 그럼에도 역시나 사정없는 어른의 힘으로 얻어맞고 죽어간다. 피부가 터지고 살점이 뜯겨나갔다.

남매는 서로를 감싸며 죽었다. 이윽고 시체 둘이 땅바닥에 굴러다니자 훌쩍이는 소리 말고는 모두 사라졌다. 마족들의 겁먹은 눈빛에서는 생기가 완전히 빠져나갔다. 역시 거스를 기력을 송두리째 빼앗으려면 본보기로 어린아이를 죽이는 것이 제일이다.

"후훗. 언제 봐도 황홀한 구경거리야."

앨링험은 굳이 어린 남매 곁에 쪼그려 앉더니 뼈와 가죽뿐인 손목에 손을 대고 완전히 숨이 끊어졌는지를 확인했다. 그러고는 자신의 손가락에 묻은 피를 레이스가 달린 손수건으로 닦고는 가짜 용사 곁으로 돌아왔다.

옷이 벗겨진 마족들은 소독실에서 세척된 뒤에 시설 안에 있는『심사실』이라 불리는 방으로 이동, 그곳에서 연령, 성별, 외모의 가치에 따라 값이 매겨진다.

앨링험과 가짜 용사도 그에 참가하기 위해서 심사실로 향했다.

"벤델은 이번에도 참가하나─?"

"그럼! 벤델은 벌써 와 있어!"

심사실로 이어지는 석조 복도에는 밤낮을 가리지 않고 비명과 노성이 메아리쳤다. 그래서 소리를 질러서 이야기를 나누어야만 했다.

"그건 그렇고 성녀님 쪽은 잡혀 버렸다고. 마녀 재판에 걸려들었다지? 그런 순진해 보이는 아이가 마녀였다니 놀랐어."

"아. 크리스티아나 말이지. 국왕은 눈치가 빠르니까. 뒤에서 어떤 악행을 저지르든 이윽고 붙잡혀."

"사실은 처음 이야기를 들었을 때는, 당신이 복수를 위해서 붙잡았나 하고 생각했는데."

"설마."

가짜 용사는 웃으면서, 진짜 용사에 대해서 조사한 지식을 앨링험에게 선보였다.

"나는 복수자야. 당한 것을 똑같이 되갚는다, 그런 자신의 규칙이 있거든. 게임은 제약을 만들어 두는 편이 더 분위기가 나니까 말이야."

"당한 거, 말이지. 그럼 벤델은 복수 대상이 아니야?"

아무래도 앨링험은 『용사와 대마도사』 사이에 무슨 일이 있었는지 아는 모양이었다. 가짜 용사가 희미하게 웃음을 머금고서 고개를 끄덕이자 안도한 듯 어깨를 힘을 뺐다.

"다행이야. 내 호위도 겸하고 있으니까, 그 사람이 사라져 버리면 여러모로 곤란해. 최강 대마도사를 대신할 사람이라니, 도저히 찾을 수가 없는걸."

"그러네. 그 녀석은 강해. 아무리 나라도 좀처럼 손을 댈 수는 없지."

"국왕이 붙잡으라고 그러지는 않을까?"

"괜찮겠지. 크리스티아나는 국민에 대한 영향력이 상당했어. 열광적인 신자도 많았으니까. 그러니까 그냥 놔둘 수가 없었을 테지만, 벤델은 부와 명성에 탐욕스러울 뿐인 단순하고 시시한 남자야. 처분하는 것보다도 손바닥 위에서 굴리는 편이, 왕으로서는 더 적절해."

"아하하. 확실히—!"

거슬리는 새된 목소리로 앨링험이 웃었다.

"있지, 하나만 물어봐도 될까. 당신이 처형당했을 때, 벤델도, 성녀님도, 빅토리아 공주 쪽에 붙었잖아? 그걸 원망하지 않아?"

"딱히? 그야 그런 상황이잖아. 그 녀석들도 공주한테 붙을 수밖에 없었을 테지. 애당초 원망했다면 지금 이렇게 같이 장사를 할 리가 없잖아."

"뭐, 그러네. 당신이 장사에 관심이 있었다는 데는 놀랐지만."

"그야 나도 돈을 원해. 복수라는 건 돈이 든다고."

"그렇구나!"

앨링험은 그 이야기를 듣고 납득한 모양이었다.

"하지만 설마, 나라를 구하기 위해서 고난을 뛰어넘고 간신히 마왕을 쓰러뜨린 용사님과 마도사님이 노예 장사를 한다니. 우후훗, 웃음이 나오네."

"청렴결백하게 사는 게 얼마나 시시한 일인지 깨달았으니까 말이야."

가짜 용사는 그때 문득 앨링험의 가슴께로 시선을 향했다.

"……이봐. 그건 뭐지?"

"어? 뭐가?"

"그거 말이야."

가짜 용사가 가리킨 것은 앨링험의 정장 앞주머니였다. 그 부분에 천천히 붉은 얼룩이 번지고 있었다.

"아핫, 이거? 이건 말이지."

앨링험을 뺨을 붉게 물들이고는 꿈틀꿈틀 허리를 움직이더니 안에 들어 있던 것을 꺼내어서 보여줬다.

"아까 소녀의 새끼손가락을 기념으로 주워왔어. 우훗, 작아서 귀엽잖아? 아무리 못생긴 아이였다고 해도 이 손가락은 상등품이네. 나중에 방부제로 절여서 침실에 장식할 생각이야."

얼굴에 미소를 붙들어둔 채, 가짜 용사의 움직임이 한순간 멈췄다. 대답이 돌아오지 않는 것을 의아하게 생각했는지 앨링험이 고개를 갸웃거리며 그를 부르자, 뒤늦게 가짜 용사의 입에서 어이없다는 기색의 한숨이 흘러나왔다.

"용사?"

"……정말이지, 너무 변태잖아. 아무리 나라도 질렸다고."

앨링험이 칭찬을 받았다고 느꼈는지 교태를 부리듯 더더욱 허리를 꿈틀거렸다.

"이다음에는 평소처럼 분류를 진행하는 거로군."

"그래, 물론이지."

"그럼 나는 변소에 들렀다가 가지. 먼저 가 있어."

"예—, 알았어. 벤델은 이미 와 있으니까 너무 늦으면 안 돼."

"알고 있어. 바로 가지."

팔랑팔랑 손을 흔들고 갈림길에서 왼쪽으로 꺾었다. 가짜 용사는 느릿느릿 냉정한 발걸음으로 걸어갔지만 조금씩 걸음이 빨라졌다.

'안 돼. 진정해……! 진정해라!'

최종적으로 화장실 문을 열고서 뛰어들었을 때는, 새파란 얼굴로 이마에 비지땀을 흘리고 있었다. 더는 견딜 수가 없다. 그대로 칸으로 뛰어들어 무릎을 꿇더니 변기를 향해 토사물을 흩뿌렸다.

"우웩, 우웨에에엑!"

주륵주륵, 노란색 액체가 튀었다. 생리적인 눈물이 멋대로 넘쳐 나왔다.

"윽…… 큭. ……웨에에엑……."

몇 번이고 구토를 하며 가짜 용사는 위장 안의 내용물을 모두 토해냈다. 얼굴은 침과 눈물로 범벅이 되었다. 손등으로 입가를 훔치더니 가짜 용사는 어깨를 들썩이면서 거칠게 호흡하며 벽에 기댔다. 벽에 들러붙어 있는 지린내에 섞여서 시큼한 냄새가 주위에 감돌았다.

"빌어먹을……."

소녀의 손가락을 주워 왔다며 웃는 앨링험. 그의 흥분한 눈빛과 역겨운 웃음을 떠올린 순간, 또다시 구역질이 치밀어 올랐다.

위장의 내용물을 모두 끄집어내고 위액조차 나오지 않을 지경이 되어서도, 마구 울렁대는 심장의 고동은 도무지 그치질 않았다.

"허억…… 허억……. 뭘 하는 거야, 나는…….."

이래서는 안 된다. 만에 하나 앨링험이나 벤델 앞에서 흐트러져서 가짜임이 들켜 버린다면 계획이 모두 허사가 되고 만다.

"진짜 용사를 유인할 때까지, 저 녀석들한테 들러붙어 있어야 하는데."

약한 마음 탓에 정체가 들키는 사태는 어떻게든 피해야만 한다. 가짜 용사는 숨을 꾹 삼키고 자신의 심장 언저리를 퍽, 힘껏 때렸다. 이 약한 마음이 원망스럽다. 목적을 달성할 때까지는 무슨 일이 있어도, 어떤 것을 보더라도 동요하지 않고 받아넘긴다. 그렇게 결의했는데도.

"이게 무슨 꼴이야. 어쨌든 마음을 가라앉혀야……."

눈을 감고 천천히 숨을 내쉬었다. 여기서 꺾여 있을 때가 아니다. 스스로를 그렇게 타일러서 어떻게든 『냉혹한 용사』의 가면을 다시 뒤집어썼다.

시큰한 침을 마지막으로 한 번 더 내뱉은 다음에 문을 열고 세면대에서 입을 헹궜다. 그대로 화장실을 나가려고 했을 때——.

"여어. 토하고서 조금은 상쾌해졌나?"

"……?!"

갑자기 등 뒤에서 들린 목소리에 반사적으로 돌아봤다.

시야에 비친 인물을 얼핏 본 순간, 가짜 용사는 눈을 크게 부릅떴다.

칠흑의 머리카락에 예리한 생김새. 모든 것에 완전히 절망한 눈빛으로 자신을 꿰뚫어 보는── 그 남자야말로 진정한 용사 라울이었다. 잘못 볼 리가 없었다. 변화의 마법을 사용하기 시작한 뒤로 매일 이 얼굴을 거울로 보았으니까.

"안녕. 가짜 나. 이것 참. 당신, 내 흉내를 내면서 이것저것 저질러 준 모양이네. 소문이 왕도까지 전해졌다고."

진짜 용사 라울은 벽에 기대어 팔짱을 끼고 서 있었다.

"봐줄만한 낯짝이구만. 다만 내 흉내를 내기에는 이래저래 부족하네. 예를 들면 각오라든지, 정신력이 말이야."

"이 자식……!"

모든 것을 꿰뚫어 보는 듯한 모욕의 말을 듣고 머릿속 깊은 곳이 불타오르듯 뜨거워졌다. 언제부터 이곳에 있었느냐는 의문이나 이 남자를 얼마나 학수고대했느냐는 감회를 품을 틈도 없었다.

손을 주머니로 감추었다. 손끝이 단검 칼자루에 닿았다. 그다음의 움직임은 한순간이었다.

칼날을 드러낸 단검을 붙잡고 라울에게 덤벼들었다. 공멸할지라도 죽여 주겠다. 본능적으로 그리 생각해 버린 것이었다.

무엇을 위하여 라울을 이 자리로 유인했는가. 중요한 목적도 이 순간만큼은 아무래도 상관없었다.

　'이 남자에게 대적할 수 있을 리가 없어……. 그럴지라도!'

　솟구치는 증오의 심정이 그치지를 않았다. 단 하나의 욕망에 내몰려 짐승처럼 덤벼들었다. 하지만 라울의 피부에 칼끝이 닿기 직전, 몸이 얼음처럼 굳고 일체 움직임을 취할 수 없게 되어 버렸다.

　"아— 정말이지. 잘도 변신했네. 복수에 사로잡혀서 온 세상을 저주해 주겠다는 낯짝이 그대로야."

　'어둠 마법으로 움직임을 봉인했어……?! 대체 어느 틈에 발동했지?!'

　"……윽."

　그것만이 아니었다. 더는 말을 할 수도 없는 상태였다.

　'영창도 없이 이런 마법들을 동시에 걸었다고……?!'

　사람을 종속시키는 것은 고도의 마법이다. 행동을 제압하는 마법과 말을 빼앗는 마법. 그 두 가지를 동시에, 그것도 영창 없이 발동하는 인간이라니 이제껏 한 번도 만난 적이 없었다.

　'믿을 수 없어……. 이 남자, 어둠 마법을 사용하는 주제에 전혀 살기가 느껴지지 않아.'

　그렇기에 두려웠다. 어둠에 감정을 내맡길 필요가 없다는 것은, 그 사람이 이미 어둠에 속한 존재라는 의미였다.

　'승산 따윈 전혀 없어…….'

　증오로 점철되어 있던 가짜 용사의 마음이 점점 그런 생각으로 뒤덮였다. 아무리 힘을 실어도 팔이 떨려올 뿐이었다. 반항은커녕 가짜 용사의 몸은 자신의 의지와 반대로, 붙잡고 있던 단검을 라울에게 넘기고 말았다.

"어— 뭐냐. 그 마법, 겉모습만 바꾸는 녀석인가."

"큭……. 놔라……!"

가짜 용사는 굳은 목으로 외쳤다.

"능력까지 복사하는 마법이었다면 나 VS 나라는 느낌으로 재미있어졌을 텐데. 그런 수준의 마법까지는 못 쓰나?"

싱글싱글 즐거워 보이는 미소를 보자 초조한 나머지 눈물이 복받쳤다.

"나는 너 같은 괴물이 아니야. 그런 걸 쓸 수 있을 리가 없잖아……!"

"괴물 취급인가. 괜찮네! 나쁘지 않아."

"아……!"

라울은 가짜 용사한테서 빼앗은 나이프를 손바닥 안에서 가지고 놀았지만, 갑자기 칼끝을 들이댔다. 가짜 용사의 하얀 목에 따끔한 감촉이 닿았다. 몸이 겁에 질려 멋대로 굳어졌다.

이대로 목을 벨 생각일까. 순간적인 격정에 사로잡혀서 자신은 모든 것을 허사로 만들어 버렸음을 깨달았다. 이 무슨 바보 같은 짓을 했을까. 이 판단 미스로 대체 몇백 명이 목숨을 잃을 것인가. 절망에 삼켜진 그때, 라울이 쾌활한 웃음을 터뜨렸다.

"그 표정은 뭐야. 죽고 싶지 않다고? 그럼 나를 설득해 볼래?"

"설득……?"

"용서해 달라며 부탁해 보라고."

라울은 손 안에서 빙글빙글 재주 좋게 나이프를 돌리며, 가짜 용사에게 건 마법을 해제했다. 아무래도 라울이 변덕을 부린 덕분에 살아남은 모양이었다. 설득이라고는 했지만 제대로 호소해봐야 이 남자의 마음에 닿을 것 같지는 않았다. 이쪽의 태도에 따라서는 주어진 기회를 간단히 빼앗기고 언제 살해당하더라도 이상하지 않은 상황이었다.

지금부터 어떻게 나서야 할까. ——바보처럼 굴고 어릿광대처럼 매달려서 허를 찔러볼까? 이 남자에게 보복하기 위해서라면 어떤 굴욕일지라도 알게 뭐냐. 크게 심호흡을 한 가짜 용사는 라울 앞에 무릎을 꿇고 머리를 푹 숙였다.

"정말 잘못했습니다아아아아!"

"응?"

감정을 불러일으켜서 눈물을 흘리는 것은 간단했다. 여기서 다시 실패했다가는 정말로 모든 것이 끝나 버린다. 그렇게 생각하면 자연스럽게 눈물이 넘쳐흘렀다.

제대로 바보가 되어라. 이 남자가 웃어버릴 만큼 보기 흉한 모습을 드러내라. 원수 앞에서 비참한 개로 전락할지라도 구하고 싶은 목숨이 있는 것이다. 더는 분노에 정신이 나가지는 않는다.

가짜 용사는 콧물을 흘리고 울부짖으며 거듭 사죄했다.

"죄송합니다! 돈을 원했습니다, 벌고 싶었습니다아아아! 앨링험이랑 벤델이랑 한편이 되려고, 용사인 척 위협했습니다! 주, 죽이지는 마세요, 뭐든 할 테니까요오오!"

“…….”

“시, 신발이라도 핥을까요?! 헤헤, 용서해 주시기만 한다면 그 정도는……!”

싸늘한 시선으로 내려다보자 몸이 떨렸다.

안 되나……? 이 정도로는……. 그렇다면——!

실제로 엎드려서 혀끝으로 신발을 핥는다. 이것으로도 안 된다면, 신발을 물고 늘어질까?

크게 입을 벌린 참에, 용사가 깔깔 웃음을 터뜨렸다.

“품, 아하하하! 그렇군. 그쪽 패턴으로 나왔나. 남의 얼굴로 뭘 하는 거야!”

“아……, 아아앗, 죄송합니다! 죄송합니다!”

“아니아니. 뭐, 됐어! 지금 그거, 무척 재미있었으니까.”

“그, 그럼 용서해 주시는 겁니까……?”

“뭐, 일단 일어나라고. 그런 더러운 곳에 앉지 말고.”

라울은 싹싹한 미소를 띠고 가짜 용사의 어깨를 툭툭 두드렸다.

“우선은 조금 정정해 두고 싶은데, 나는 맛이 간 대량 살인귀가 아니야. 누구든 개의치 않고 죽여버리는 건 아니니까. 확실히 네 존재는 꽤나 멋대가리 없어서 짜증은 났지만. 내 얼굴로 그렇게 넙죽 엎드리는 건 말이야?”

“아, 예…… 분부대로……!”

굽신굽신하며 사죄했다. 비참한 모양새로 비참한 행동을 하노라니, 정말로 자신이 이런 인격이었다는 생각이 들었다. 하지만 차라리 그러는 편이 더 적절했다.

"여기서부터는 중요한 포인트니까 기억해둬."

"아, 예이!"

"나는 말이지, 당한 걸 갚아줄 뿐이야. 그것 말고는 손을 댈 수 없다는 규칙을 스스로에게 부여했어. 그러지 않으면 복수가 아니라 그저 살인이 되어버리니까. 그래서는 전혀 채워지질 않는 거야. 알겠어?"

사악한 자에게도 나름대로의 격식이 있다는 이야기일까.

시시하다. 그런 것은 아무래도 상관없다.

하지만 어디까지나 표면상으로는 예예, 고개를 끄덕였다.

"사실은 그런 스스로의 규칙을 지키다 보니, 빌어먹을 배신자 녀석들한테 어떻게 대처할지 고민 중이거든."

조금도 고민하지 않는 것 같은 가벼운 말투로 라울은 계속 말했다.

"뒤에서 손을 잡고서 비극을 일으킨 잔챙이들이 있어. 대학살에 관여하고, 그것을 통해 이익을 얻고, 남의 죽음을 잔뜩 기뻐하며 기다리고, 그러면서도 저지르는 일은 별것 아닌 빌어먹을 놈들이 말이야."

무서우리만큼 환한 미소를 띠고, 라울은 가짜 용사의 어깨에 팔을 둘렀다.

"그래서, 너한테 부탁이 좀 있거든. 가짜 용사."

3화 ▶ 검은 악마

'부탁이라고⋯⋯?'

어깨를 끌어안은 채로 얼굴을 들여다보는 용사에게 굳은 미소로 답했다. 황송하게 굽신굽신하는 아랫사람이 눈치를 살피듯. 그렇게 비참한 약자 연기를 계속하며 가짜 용사는 머리 한구석으로 필사적으로 생각했다.

『빌어먹을 배신자 녀석들에게 대처』라고 했지.'

그렇다는 이야기는 역시나 이 남자, 마도사 벤델을 용서하지 않았다. 벤델은 공주 빅토리아 쪽에 붙어서 용사가 붙잡히는 원인을 만든 남자다. 그뿐만 아니라 동료로서 파티를 짜고 있었을 때조차, 뒤로는 수도 없이 라울을 배신한 모양이었다. 두 사람의 관계성을 한창 조사하는 와중에 너무나도 교활한, 수도 없는 배신행위에 구역질이 나왔을 정도였다. 그런 쓰레기가 『구세주 용사 파티 일행』이라고 불리니 그저 웃을 수밖에.

"어라, 이봐―. 괜찮아? 듣고 있어?"

"어, 아, 예! 물론 목숨을 살려주신다면 뭐든 하겠습니다! 으헤헤⋯⋯."

"그래, 그런가. 그 대답을 들어서 다행이네. 그럼 구체적인 설명을 할게."

허물없이 가짜 용사의 어깨를 끌어안은 채, 라울이 계속 말했다.

"내가 준비를 해줄 테니까, 네 복수를 완벽한 형태로 수행해 줬으면 해. 그 무대를 가장 앞 열에서 보게 해줘."

"어. 복수라니……. 무, 무슨 이야깁니까?"

정곡을 찔려서 무심코 입가가 굳어졌다. 라울은 눈을 살짝 가늘게 만들더니 악마처럼 무시무시한 미소를 띠고 더더욱 얼굴을 가져다 댔다.

"알잖아—? 무슨 이야기를 하는 건지. 끝도 없이 주절주절할 생각은 아니거든. 나는 쉽게 질리는 성격이니까. 아니면 너, 아무런 책략도 없는데 입만으로 어떻게 할 수 있다고 생각했어?"

이 남자의 시선에 붙잡히면 생각처럼 말이 나오지 않았다. 등줄기를 타고 식은땀이 잔뜩 솟구치는 것을 느꼈다.

'아직, 안 돼……. 아직, 아직.'

간단히 인정했다가는 거짓말 같아진다. 이 남자의 오라에 삼켜져서는 안 된다.

'저항해. 진실을 얼버무리고 싶어 하는 바보인 척을 계속 유지하는 거야.'

자신의 마음에 그리 타이른 뒤, 가짜 용사는 헤실헤실 표정을 무너뜨렸다.

"용사님도 참, 싫어라. 저는 모사 마법 스킬밖에 자신이 없는, 하찮은 사기꾼이에요! 원망을 사는 일은 있어도, 원망을 품은 상대 따윈 없다고요. 그야 확실히 부자나 제멋대로 까불어 대는 귀족을 보면 뒈져버리라는 정도는 생각하지만── 그악?!"

갑자기 입이 다물어지지 않아서 가짜 용사는 혼란에 빠졌다. 이것도 마법에 따른 것이리라. 입이 다물어지지 않는 탓에 입술 양쪽에서 침이 주르륵 떨어졌다. 너무나도 굴욕적이라서 뺨이 화악 뜨거워졌다. 바닥에 엎드려서 신발을 핥던 때와는 전혀 달랐다.

'그건 연기였으니까.'

하지만 이 수치는 강제적으로 주어진 것이었다. 게다가 악취미스럽게도 라울은 히죽히죽 웃으며 가짜 용사를 내려다보고 있었다. 이쪽의 감정이 흐트러진 모습을 바라보며 재미있어하는 것이었다. 대체 어떻게 된 남자일까.

"있잖아, 툭 터놓고 이야기하지 않겠어? 우리는 같은 적을 미워하는 동지니까."

뚝뚝 흐른 침이 옷에 얼룩을 만들었다.

"게다가 너 혼자서 앨링험과 벤델을 쓰러뜨리지 못하겠으니까 나를 유인해 냈을 테지? 굳이 나로 변장하고 가짜가 마족을 사냥한다는 정보를 흘려서. 친절하게도 목격자를 살짝 도망치게 해주기도 하고. 그러면 진짜가 화나서 올 거라고 생각했겠지."

"아가, 아……."

역시 『가짜 용사』의 동기에 대해서는 제대로 조사를 한 듯했다.

"뭐, 전혀 화가 나지는 않았지만. 나는 원래 상―당―히―, 온화한 인간이거든."

무슨 소리를 하느냐며 눈을 부라렸다.

'어디가 온화하다는 거야?'

말과 태도가 너무도 달랐다.

"하하. 제정신이냐는 시선으로 바라보는 건 그만두라니까. 나는 제정신이고, 웃기려는 것도 아니야. 난 말이지, 너를 취향이 같은 사이로 인정하는 거라고?"

"악, 아─! 아가……."

"그래그래, 알았어. 우선은 침착하게, 천천히 이야기를 나누는 편이 좋겠네."

갑자기 마법이 풀리고 입이 다물어졌다. 허겁지겁 고개를 돌리고 침으로 범벅인 입가를 소맷자락으로 난폭하게 훔쳤다.

라울은 그런 가짜 용사의 모습을 확인하고는 만족스럽게 고개를 끄덕인 뒤, 주위의 모습을 둘러봤다.

"그건 그렇고, 여긴 좀 그러네. 의자가 될 법한 게 변기밖에 없어. 너는 아까 바닥에 엎드리기까지 했지만 나는 사양이거든. 그러니까─."

라울이 손가락을 딱 튕기자 오싹할 만큼 막대한 마력이 연기와 함께 끓어올랐다. 순식간에 아무것도 보이지 않게 됐다.

'이번에는 뭘 한 거야?!'

허겁지겁 태세를 갖추는 사이, 연기가 흘러가듯 걷혔다. 사라진 연기 너머에서 모습을 나타낸 것을 보고 헉, 숨을 삼켰다. 더러운 화장실에 있었을 터인데 어느샌가 화사한 작은 방으로 바뀌었다.

"자, 앉아."

라울이 가리킨 것은 방 한가운데 놓여 있는 원형 테이블이었다. 저항하려고 해봐야 마법을 이용해서 강제로 따르도록 만들 것이다. 표면상으로는 헤실헤실 아첨하는 미소를 계속 띠며 그 의자에 앉았다.

라울이 다시 손가락을 딱 튕기자 테이블 위에는 홍차 세트가 나타났다. 상황에 어울리지 않는다느니 그런 수준의 이야기가 아니었다. 하지만 라울은 그런 것 따윈 신경도 쓰지 않고 즐거운 듯 홍차를 타기 시작했다.

"잠깐만 기다려. 지금 준비할 테니까."

묘하게 능숙했다. 무심코 주시하는 사이, 기분 좋게 콧노래를 부르던 라울이 고개를 들었다.

"익숙해 보이지? 누나한테서 배웠어. 누나가 탄 홍차는 맛있었지."

살해당했다는 라울의 누나 말인가. 그에 대해서는 정보가 있었다. 무참하게 죽은 누나를 떠올리는지 라울의 표정은 놀랄 만큼 다정했다. 가짜 용사의 입장에서는 그 태도조차 꺼림칙하게 비쳤지만…….

"그만큼 훌륭한 홍차는 못 타도, 나도 나쁜 수준은 아니야. 자."

홍차가 든 찻잔이 눈앞에 놓였다. 독이 들어 있을지도 모른다.

그렇게 경계하는 사이, 먼저 라울이 같은 찻주전자에서 따른 홍차를 보란 듯이 한 모금 마셨다.

납득이 가는 완성도였는지 라울은 다리 좌우를 바꿔서 꼰 다음 이야기를 꺼냈다.

"우선 네게 선택하게 해줄게. 스스로 정체를 밝히고 복수심을 인정하느냐. 내가 대신해서 설명하느냐. 어느 쪽이 좋겠어? 아아, 그리고 그 모습."

대답을 하기도 전에, 라울이 이쪽을 향해 손바닥을 들었다. 앗, 그리 생각했을 때에는 그의 강렬한 마력이 전신으로 쏟아졌다. 몸에 두르고 있던 마법을 강제적으로 빼앗겼다.

'말도 안 돼……. 이 남자, 다른 사람이 사용하는 마법을 무효화하는 것까지 가능한 거야?!'

통감했다. 용사 라울은 틀림없는 세계 최강이라고. 그런 남자를 그저 마음을 잃은 복수자로 치부하다니——.

라울이 그럴 마음만 있다면 세계도 간단히 멸망시킬 수 있을 것이다. 가짜 용사는 압도적인 힘 앞에서 전율했다. 목적을 달성하기 위하여, 무슨 일이 있어도 힘을 원했다. 하지만 의지할 상대를 그르치고 말았을지도 모른다.

'내가 부른 건 터무니없이 사악한 힘을 손에 넣은 악마야…….'

검은 악마는 가짜 용사의 마법을 간단히 풀어버린 뒤, 씩 웃었다.

"자, 다시 자기소개를 해줘. ——아가씨?"

'아가씨'라는 호칭에, 콧잔등에 주름을 지었다.

방 한구석에 놓여 있는 전신 거울로 흘끗 시선을 향했더니, 수수한 얼굴의 소녀가 복잡한 표정을 띠고서 이쪽을 바라보고 있었다. 변모의 마법은 완전히 풀린 상태였다.

흔해 빠진 색깔의 갈색 머리카락, 하얀 뺨에 점점이 박힌 주근깨. 살짝 떨어진 눈과 낮은 코. 평범한 외모를 한 시골 처녀, 에이다 테일러. 그것이 거울에 비친 소녀의 진짜 이름이었다.

"이걸로 본심을 이야기할 수 있겠지? 에이다."

이름을 대기 전부터 그렇게 불렸기에 에이다는 어깨를 움츠렸다.

"그래, 그리고 조금 전까지 굽신굽신하던 태도. 그 연기는 이제 필요 없으니까 평범하게 행동해 줘. 완전히 질렸거든."

라울이 한순간 드러낸 차가운 눈빛에 오싹했다. 그의 관심을 얻어내지 못한다면 끝이다. 아첨을 떠는 연기에 질려 버렸다면, 다음은 정반대의 태도로 갈 수밖에 없다.

숨을 내쉬어 머릿속을 전환했다. 다음 배역은『책략을 간파당하여 본성을 드러낸 처녀』다.

"……뭐든 꿰뚫어 본다는 거네. 어떻게 내 정체를 조사했지?"

"모사 마법의 사용자는 어느 정도 한정되어 있으니까. 마법 습득자 리스트를 조사했어."

이 나라에서 고도의 마법을 사용하려면 허가가 필요하다. S랭크 이상의 마법을 습득했을 때는 전문 국가 기관을 방문하여 등록하는 것이 의무였다. 등록되지 않은 고도의 마법을 사용하면 각지에 설치된 마법 탐지기가 즉각 반응하고 곧바로 중죄인으로 체포당하고 말기에, 나라를 상대로 떳떳하지 못한 구석이 없는 평범한 인간이라면 신청을 피하지는 않는다. 에이다도 당연히 등록을 했다.

"국가 기관의 등록 정보는 일반인이 관람할 수 없을 텐데."

"아무래도『국왕의 친구』는 일반인에 해당되지는 않나 봐."

"자기 딸이 지독한 꼴을 당하게 만든 상대와 친구가 되다니,

폐하도 어떻게 된 거구나."

"하하! 국왕의 악담을 당당하게 입에 담나. 재밌어!"

기분 좋게 웃는 라울을 곁눈질하며 에이다는 보란 듯이 한숨을 내쉬었다. 차가운 태도를 취해도 라울의 기분이 상하지 않는다. 현재로서는 이 태도가 틀리지는 않은 듯했다. 탐색하는 듯한 시선을 보내며 그리 판단을 내렸다.

"관청에서 조사한다고 해도, 해당자는 그럭저럭 있었을 테지. 어째서 핀포인트로 나라고 판단한 거야?"

"모사 마법의 등록자 가운데, 앨링험이랑 벤델한테 원한을 가진 자를 찾았어. 하나하나씩 이야기를 들으면서 돌아다녔지."

집념이 느껴지는 행동을 아무렇지 않은 일처럼 말한다. 역시 이 남자는 망가졌다고 머리 한구석으로 생각하고, 오싹해졌다.

"아니, 잠깐만. 어째서 용사로 분장한 인간이 그들에게 원한이 있다고 단정했는데?"

"내 추리가 듣고 싶나? 하하. 뭐, 괜찮겠지. ──어째서 나를 흉내 내고 있나. 무언가 득이 있으니까? 아니, 그게 아니지. 너는 번번이 붙잡은 마족들을 놓아줘서 정보가 밖으로 새어 나가도록 만들었어. 혹시 이익만을 위해서 나를 흉내 내고 있다면 그런 짓을 하지는 않겠지. 가짜라는 사실이 발각되거나 진짜인 내 귀에 들어가면 큰일이니까."

"……."

"용사를 분장한 상태에서 자신이 이 항만 도시에 있다는 사실을 알리려고 한 목적은 무엇인가? 그걸 생각하면 대답은 보여.

──너, 나를 어떻게든 끌어내고 싶었을 테지?"

그렇다, 그야말로 라울의 말 그대로였다. 에이다가 라울을 자처하여 앨링험 옆에서 악행을 저지른 것은, 그렇게 하면 이윽고 라울 본인의 귀에 들어갈 것이라 생각했기 때문이었다. 평범하게 생각하면 자신의 가짜가 나타났다는 사실만으로도 불쾌할 터. 게다가 가짜가 자신이 미워하는 복수 대상과 손을 잡고서 잔학한 행위에 매진하고 있다는 사실을 안다면 어떨까. 복수에 사로잡힌 남자가 그것을 그냥 내버려 둘 리가 없다. 에이다는 그렇게 계획하여, 틀림없이 라울을 유인할 수 있다고 판단하고서 함정을 설치한 것이었다.

실제로 용사 라울은 지금, 에이다의 눈앞에 있었다. 그렇지만 설마 자신의 생각을 완벽하게 읽고서 과거까지 조사한 상태로 나타나다니, 그것은 예상 밖이었다.

"네가 나를 이곳으로 불러내려고 한다는 건 바로 알았어. 굳이 내 가짜를 연기할 메리트라면 한정되어 있으니까. 다음으로 의문스럽게 생각한 건, 무엇을 위해서 그리 바라고 있느냐. 뭐, 그것도 국왕이 준 정보로 금세 깨달았지만."

"정보⋯⋯?"

"오락과 이익, 그리고 쾌락을 위해서 반복되는 노예 매매와 유아 학대. 알기 쉽게 앨링험과 벤델에 대한 분노를 북돋울 만한 내용이지. 너는 복수 대상에 대한 내 분노에 기름을 끼얹어서 불타오르도록 만들려고 했어. 꽤나 에두른 방법을 골랐지만, 네 목적은 단순해. 나를 불러내서 앨링험과 벤델을 죽이도록 만든다. 그렇지?"

분하지만 그것도 라울이 예상한 그대로. 라울을 흉내 내어 그들에게서 얻을 수 있는 이익 따윈 아무래도 상관없다. 에이다가 바라는 것은 단 하나. 앨링험과 벤넬에게 주어질 잔혹한 죽음의 운명뿐이다.

"바로 그러니까, 나는 앨링험과 벤넬에게 원한을 가진 인간을 찾기 시작했지."

"그렇구나."

"그건 그렇고, 동정했다고. 너도 꽤나 지독한 꼴을 당한 모양이던데."

"······읏."

라울은 동정심이 넘쳐나는 태도로 에이다의 머리에 툭, 손을 얹었다.

"훌륭한 정신력이야. 존경해, 응. 아무리 복수를 위한 일이라고는 해도, 자신의 가족을 죽인 녀석들을 실실 웃으며 상대하다니, 좀처럼 할 수 없는 일이잖아."

기습적으로 마음에 흙발을 내딛는 것 같은 말을 듣고 한순간 숨을 쉬는 방법마저 잊었다. 히익, 목이 막혔다. 귀 안쪽에서 기세 좋게 피가 도는 소리가 들렸다. 그날부터 한 번도 잊은 적이 없는 무시무시한 기억. 눈을 뜬 채로 꿈을 꾸듯, 에이다는 『증오스러운 기억』의 소용돌이로 빠져들었다──.

에이다 테일러의 아버지, 찰스 테일러는 앨링험의 부하로서 십 년 이상 그의 전속 회계사로 일했다.

찰스는 가족에게는 지극히 평범한 아버지로서, 아내를 사랑하고 아이들을 귀여워했다. 하지만 그는 결코 성인군자는 아니었다. 돈을 위해서 마족 인신매매에 가담하였고, 시설 안에서 벌어지는 폭력 행위에 눈을 감았다.

가족을 부양하기 위해서는 어떤 일이라도 꺼려서는 안 된다. 게다가 마족은 전쟁에서 패배했다. 패자는 유린당하는 운명에 처한다. 전쟁이란 그런 것이니까.

그럼에도 찰스에게는 다른 사람에 대한 작은 양심이 있었다. 그것은 고용주인 앨링험에게는 없는 것이었다. 얄궂게도 약간 가지고 있던 그 양심 때문에 찰스는 지독한 최후를 맞이하게 된다.

운명의 흐름이 갑자기 죽음으로 향하기 시작한 것은, 어느 만월의 밤이었다.

그날, 찰스는 시설의 집무실에서 늦게까지 장부를 기입하고 있었다. 간신히 일이 끝나려던 무렵에는 시곗바늘이 다음 날로 넘어가려던 참이었다.

"이것 참. 또 이런 시간이 되어버렸군……. 방으로 돌아가서 빨리 자야지, 안 그러면 내일이 힘들어."

의자에서 일어서서 팔을 펴며 기지개를 켰다. 그대로 별생각 없이 창밖으로 시선을 향했다. 환하게 빛나는 달 덕분에 한밤중임에도 시설의 건물 윤곽까지 잘 보였다.

그때, 기묘한 것을 발견했다. 램프를 손에 든 남자가 종종걸음으로 수용소 사이의 통로를 빠져나갔다. 달빛을 받은 화려한 색상의 가운은 기억에 있었다.

'앨링험 씨인가.'

앨링험의 모습은 제3 수용소의 문 너머로 사라졌다. 제3 수용소는 마족 노예들을 선별하기 위해 사용되는 건물이었다. 이런 시간에 출입할 이유가 있다고 생각하기는 어려웠다. 기묘하다고 생각하며 고개를 갸웃거렸지만 그렇게까지 깊이 생각하지는 않았다.

하지만 그 후로도 잔업을 할 때마다, 창문 너머로 램프 불빛을 발견하게 되었다. 처음에는 그런 일도 있으려나 생각했지만, 며칠이 계속되니 점점 불신감을 품게 되었다. 어쩐지 남들의 시선을 피하는 것 같은 행색인 것도 신경 쓰였다.

다시 찾아온 만월의 밤, 마침내 찰스는 앨링험의 뒤를 쫓았다. 앨링험이 문 너머로 사라진 것을 확인한 뒤, 자신도 제3 수용소로 향했다. 문은 잠겨 있지 않았다. 문이 삐걱거리지 않도록 조심스럽게 열고 어떻게든 안으로 스르륵 들어갔다. 앨링험이 든 램프의 불빛은 복도 안쪽의 모퉁이에서 꺾이고 있었다. 그 앞에 있는 것은 지하로 이어지는 계단. 찰스는 숨을 죽이며 뒤를 쫓았다.

왠지 가슴이 술렁였다. 이런 장소를 연일 방문하다니, 앨링험은 대체 뭘 하고 있는 것인가. 지하는 앞으로 창고로 사용하기 위해서 지금은 닫아두었다고 했다.

'돌아가는 편이 나을까? 하지만⋯⋯.'

이때 돌아갔다면, 아마도 찰스의 운명은 달라졌을 것이다. 적어도 그렇게 죽지는 않고 넘어갔을 터. 하지만 결국, 그는 나아갔다.

찰스를 충동적으로 움직이게 만든 것이 호기심이었을까, 아니면 어떤 불길한 예감이었을까. 그저 이대로 돌아갈 수는 없다고 생각한 것이었다.

조용히 돌계단을 내려가서 지하에 내려섰다. 복도 안쪽에 있는 방이 살짝 열려 있다는 사실은 금세 알아차렸다. 무언가 동물의 울음소리 같은 기묘한 소리가 새어 나왔다. 심장 소리가 커지는 것을 느끼며 찰스는 문 옆까지 다가가서 살며시 안의 상황을 살폈다.

믿을 수 없게도 실내는, 이 수용소 안에 있는 다른 방과는 달리 대단히 호화로운 가구로 장식되어 있었다. 칙칙한 색깔의 새빨간 카펫, 다른 나라의 물건으로 여겨지는 과한 장식의 소파랑 침구.

하지만 찰스가 호흡을 잊고 얼어붙은 것은 악취미스러운 내부 장식 탓이 아니었다. 침대나 소파, 그것만이 아니라 바닥에도 여러 소녀가 상처투성이인 채로 뒹굴고 있었기 때문이었다. 모두 침대 난간에 족쇄로 묶여 있었다. 앨링험은 그런 소녀들 사이를 기쁜 듯 누비더니 변덕스럽게 폭력을 퍼부었다.

노예를 상대로 한 징계에 익숙한 찰스라도 동요할 수밖에 없었다. 앨링험은 소녀들에게 고통을 가하며 기쁨을 느끼는 듯했다. 인간이 노예인 마족에게 폭력을 휘두르는 광경이라면 진즉에 익숙해졌다고 생각했다. 그런데도 찰스는 눈앞의 광경에 구역질을 느꼈다. 그저 폭력행위 때문에? 아니, 그저 자신의 즐거움을 위해 이런 공간까지 만든 앨링험 때문이다. 새삼스럽게 착한 사람처럼 굴 생각은 아니지만 아무래도 자신의 딸과 겹쳐 보여서 역겨운 심정을 억누를 수가 없었다. 하지만 잔혹한 광경에 대한 공포심으로 다리가 움직이지 않았다.

'각오를 하고 뛰어들면, 앨링험 하나 정도는 어떻게든 될까?'

아니, 맨손인 자신과 비교하면 앨링험은 폭행을 가하기 위한 무기를 손에 들고 있었다. 서기관인 찰스는 안타깝게도 빈약한 신체에, 폭력 행위를 저지른 적 따위 태어나서 이제껏 한 번도 없었다. 어렴풋이 남은 정의감이나 딸과 겹쳐 보이는 소녀들에 대한 동정, 그리고 그것들을 웃도는 공포에 삼켜져서 찰스는 그 자리에 우두커니 서 있었다.

찰스가 동요하는 동안에도 앨링험은 악행을 멈추지 않았다. 소녀의 머리를 짓밟거나 손톱을 뽑기까지. 바닥에는 이미 만신창이가 된 아이들이 수도 없이 쓰러져 있었다.

팔의 관절이 이상한 방향으로 뒤틀려버린 아이나 온몸에서 피를 흘리는 아이. 부릅뜬 유리구슬 같은 눈동자를 보고 헉, 숨을 삼켰다.

'주, 죽었어…….'

무엇보다 두려운 것은 그런 상황 속에서 오히려 희열에 차서 폭행을 즐기고 있는 앨링험의 모습이었다.

"다음은 너희가 이런 꼴을 당하는 거야, 제대로 봐두라고!"

겁먹은 얼굴로 바라보는 다른 아이들에게 일부러 그 광경을 과시하면서.

그 안에서 벌어진 일을 차마 계속 볼 수가 없어, 찰스는 그만 두 귀를 막고 눈을 감았다. 그럼에도 막을 수 없을 만큼 커다란 비명이 울려 퍼졌다. 한심하게도 찰스는 그저 몸을 떨며, 마음속으로 사죄의 말을 계속 중얼거릴 수밖에 없었다.

앨링험은 새벽이 다될 때까지 소녀들에게 계속 폭행을 가했다. 소녀들은 심신 모두 엉망진창으로 망가져 한 사람씩 움직이지 않게 되었다.

"또 너무 과하게 해버렸네. 이제는 기진맥진하다고. 시체는 내일 밤에 들어낼까."

몸을 닦고서 일어나는 기척을 탐지하고, 찰스는 황급히 문 뒤에 숨었다. 앨링험이 떠난 뒤, 방치된 소녀들 곁으로 달려가서는 아직 숨이 붙어 있는 사람은 없는지 필사적으로 확인했다.

'둘이 살아있어!'

찰스는 살아남은 두 사람을 안아 들고 마을 의사에게 달려갔다. 두들겨 깨운 의사는 마족을 데려왔다는 사실에 깜짝 놀란 모양이었지만, 그럼에도 떨떠름하게 백의를 걸쳤다. 의사의 치료를 기다리는 동안, 딸들의 어릴 적 기억을 떠올리고 찰스는 너무도 우울한 기분이 들었다. 이 아이들에게도 부모가 있을 것이다. 그들의 기분을 생각하면 남 일처럼 여겨지지 않았던 것이다.

'앨링험이 저지르던 일은 상식을 벗어났어…….'

노예를 상대로 징계의 폭력이라면 몰라도, 앨링험은 개인적 만족감을 채우기 위해서 소녀들에게 고통을 주었다. 애당초 본인도 용서받을 수 없는 소행임을 알고 있기에 남몰래 저지르는 것이리라. 앨링험은 노예 수용소의 경영을 맡고 있는 입장이다. 자신의 욕망을 위해서 상등품 소녀들을 매일 밤 죽이고 있다는 사실을, 노예 매매의 중개인인 다 코스타 경이 안다면 어떻게 생각할까.

의사는 그동안에도 진지하게 치료를 해주었지만 그의 안색은 점점 나빠졌다.

"두 아이 모두 엉망이 될 만큼 다쳤어. 회복 마법으로 상처를 막았지만 일단 너무 쇠약해졌어. 뒷일은 본인들의 기력에 달렸을 테지."

"어떻게든 안 되겠나……! 부탁이야. 살려줘……!"

찰스의 부탁도 공허하게 한 시간 뒤, 소녀 중 하나가 죽었다. 마지막까지 고통스럽게 계속 경련하며 발작처럼 호흡이 거칠어지다가 숨을 거둔 것이었다.

적어도 다른 하나만큼은. 그렇게 생각하는 사이, 갑자기 경보가 울려 퍼졌다.

'저건 수용소 사이렌⋯⋯!'

퍼뜩 고개를 들고 창밖으로 시선을 향했다. 수용소에서 몇 줄기 빛이 비치는 것이 보였다. 당황한 나머지 제3 수용소의 문을 열어두고 말았다는 사실을 이제야 떠올렸다. 안색이 바뀐 찰스를 보고 의사도 사태를 깨달은 모양이었다.

"⋯⋯나가주게."

의사는 죽은 소녀의 몸을 모포로 감싸더니 찰스에게 떠넘겼다. 여기에 있으면 곤란하다. 그런 의미인 듯했다. 의사의 말은 지당했지만, 침대에 누워 있는 다른 한 소녀는 아직 숨을 쉬고 있었다.

"부탁이야! 아직 살아있는 아이 쪽은, 어떻게든 감춰줘⋯⋯!"

"⋯⋯정말이지. 죽을 때까지는 돌봐주지. 어차피 시간문제야."

"믿겠어⋯⋯!"

진료소를 뛰쳐나온 찰스는 죽은 소녀의 유해를 품고서 달렸다. 목표는 휴일에나 돌아가는 자신의 집이었다. 더 이상 이런 곳에 있을 수는 없었다.

문을 격렬히 두드려서 아내를 깨우자, 아내는 금세 이변을 헤아린 모양이었다. 두 딸에게 침실에서 나오지 말라며 타이르고, 맞아들인 찰스에게 따뜻한 브랜디를 내어주었다. 간신히 조금 진정이 된 찰스는 아내에게 앨링험의 죄를 모두 이야기했다. 아내는 말을 잃고 중간부터 눈물을 흘리기 시작했다. 자신의 딸들보다 훨씬 어린 아이들이 어른의 손에 무참한 죽음을 맞이하고 있다. 그것은 악마의 행실이다. 앨링험을 상대로 품은 감정은 부부 모두 똑같았다. 다른 사람을 상대로 이다지도 혐오감을 가진 것은 인생에서 처음이었으리라.

"결코 용서받을 수 있는 일이 아니야……."

"그래, 당신. 알고 만 이상, 그냥 못 본 척할 수는 없어."

"인신매매에 관여한 이상, 나도 무죄로 넘어가진 않겠지. 그래도……."

"각오는 했어."

아내에게 등을 떠밀려, 찰스는 말을 탈 준비를 했다. 자초지종을 관리에게 보고하기 위해서였다.

"애들을 부탁할게."

"조심해. 돌아오길 기다릴게."

아내의 배웅에 고개를 끄덕이고 찰스는 집을 나섰다. 돌아보니 이 층의 침실에서 딸들이 불안한 듯 그를 내려다보고 있었다. 기운을 북돋우듯 웃으며 손을 흔들고, 찰스는 말을 몰려고 했다. 그때였다.

"크억……?!"

어둠 속에서 남자들 몇몇이 나타나서 그를 덮쳤다.

"너희는, 시설의……!"

모두 기억에 있는 얼굴이었다. 찰스는 필사적으로 저항했지만, 딸들과 아내의 눈앞에서 온몸이 묶이고 재갈이 물려지고 말았다.

"으윽, 으으—읍!"

"이 쓰레기가! 상품에 손을 댄 데다가 죽이기까지 하다니! 끌고 가겠다."

앨링험이 자신에게 죄를 떠넘겼다는 사실은 금세 깨달았다. 자신의 범행이 아니라며 외치려고 해도 재갈이 방해가 되어 호소할 수 없었다. 남자들이 앨링험에게 매수가 되어 처음부터 들을 생각 따위 없다는 사실도, 찰스는 물론 알지 못했다.

"아, 잠깐만. 그대로 가지 말고, 다리 쪽 밧줄을 말에 묶어서 끌고 오라는 명령이야."

"뭐? 여기서 시설까지는 꽤 거리가 있다고?"

"하하하! 그러니까 좋은 거야. 산 채로 땅바닥에 끌고 가면서 뼈까지 드러난 상태로 만들고 싶은 거지."

무시무시한 대화가 들렸다. 남자들은 찰스를 매단 채, 정말 그대로 달리기 시작했다.

"으으음. 으으으으윽!"

질질 소리가 나고 타는 것 같은 냄새가 피어올랐다. 입고 있는 옷은 금세 너덜너덜해지고, 찰스는 엄청난 속도로 땅바닥에 깎여나갔다.

"우으으으으으으으으으으으!"

등이 불타듯 뜨거웠다. 돌멩이 때문에 등의 피부가 벗겨지고, 그곳으로 모래가 박혔다. 땅바닥이 강판의 역할을 다하여 살점을, 근육을 깎아냈다. 격통이었다.

"아아아아아……악…… 끄아."

피부 아래에서 뼈가 튀어나와도 남자들은 말의 속도를 떨어뜨리지 않았다. 그리하여 시설에 다다른 찰스를 기다리던 것은 더더욱 지옥이었다.

앨링험에게 명령을 받은 마족들이 찰스의 사지를 산산이 찢어 발기고, 그는 산채로 몸이 분단되어 살해당했다. 찰스의 시체는 나무상자에 담겨서 다음 날, 가족에게 전해졌다.

『배신자에게는 죽음의 심판을.』

상자에는 다름 아닌 찰스의 피로 그렇게 적혀 있었다. 더더욱 잔혹하게도, 필적 역시 그 자신의 것이었다.

그 상자는 에이다 가의 현관 앞에 아무렇게나 놓여 있었다. 상자를 발견한 것은 에이다의 어머니로, 그녀는 상자에 피로 적힌 글자를 읽은 순간에 히익, 비명을 지르고 실신해 버렸다. 참을 수 없이 무서웠던 것을 기억하고 있었다.

그 후로 동생과 둘이 힘을 합쳐서 어떻게든 어머니를 침대까지 옮겼다. 솔직히 문 앞으로 돌아가고 싶지 않다는 생각을 해 버렸다. 상자 안에 무엇이 들어 있는가. 최악의 상상이 떠올라서 몸이 부들부들 떨렸다. 그 상상이 정답이라는 사실도 에이다는 알고 있었다. 하지만 아무리 무서워도 저대로 둘 수는 없다. 에이다가 상상했던 것이 안에 들어 있다면 더더욱. 저런 나무상자에 넣어둘 수는 없었다.

에이다는 열 살인 동생에게 어머니를 맡기고 홀로 현관으로 돌아왔다. 몸을 웅크려 살며시 나무상자를 만졌다. 아침의 맑은 공기에 섞여서 짙은 피 냄새가 감돌았다. 상자는 묵직해서 들어 올릴 수가 없었다. 안쪽에서 피가 스며 나오는 것을 깨달았다. 어느샌가 눈물이 흘러나왔다. 오열이 넘쳐흘렀다. 떨림을 넘어서 온몸이 경련했다.

어째서 이렇게 되었을까. 진심으로 신을 저주하며, 에이다는 양손을 뻗었다. 상자를 열자 피눈물을 흘린 아버지의 머리와 눈이 마주쳤다——.

◇ ◇ ◇

"잔뜩 있던 아버지와의 추억은, 전부 그날의 기억으로 점철되어 버렸어. 이제 아버지는 내게, 탁한 유리구슬 같은 눈으로 마주 보는 머리일 뿐이야."

"그래, 그건 용서할 수 없겠는데? 잘 안다고. 엄—청 잘 알아. 잔혹한 일은 기억에 새겨지지. 작은 행복의 추억 따위로 맞설 수는 없거든. 그래서? 너는 복수를 맹세했을 테지? 그렇지?"

동지를 발견해서 흥분했다는 듯한 태도로 라울이 다가왔다.

"남의 복수로 즐거워하는 건 그만둬. 애당초 넌 이상해. 어째서 그렇게나 흥분하는 건데?"

"영 모르는구나. 복수는 즐거운 거야. 살짝 선배의 입장에서 말을 하자면 『복수는 무의미해. 아무것도 낳지 않아』 같은 소리들을 자주 하잖아? 애초에 무언가를 생산하기 위해서 하는 게 아니라고, 그런 이야기지."

에이다에게 그리 말한 사람도 분명히 있었다. 하지만 아무래도 라울의 의견은 다른 듯했다.

"알겠어? 그런 건 거짓말이야. 복수는 충분히 만들 수 있어. 이 가슴속에, 참을 수 없이 기분 좋은 기쁨과 떨릴 정도의 두근거림을!"

진심으로 즐겁다는 듯, 황홀한 미소를 띠고서 라울이 양팔을 펼쳤다.

'스스로의 기쁨을 위해서 복수한다는 거야? 그럴 수가…….'

에이다는 혐오감을 느끼며 뒤로 물러났다.

"나는 가족이 그렇게 바랐을 거라 생각하니까 원수를 갚고 싶어. 복수를 즐기다니, 그런 변태가 아니야. 경멸스럽네."

"그 사고방식은 위험하다고 생각하는데."

"……무슨 뜻이야?"

"뭐, 결말은 스스로 깨달아야겠지. 지금 문제는 너 혼자서 복수를 수행할 수 있느냐는 점이니까. 어때? 내 도움은 필요 없나? 그게 가능하다면 나는 그저 보고 있기만 할 건데."

아픈 부분을 찔려 말문이 막혔다. 에이다에게는 싸우기 위한 힘이 없다. S랭크 마법의 일반적인 사용자들은 한 점에 특화된 재능으로 특수 마법을 사용할 수 있는 경우가 많다. 에이다도 바로 그런 타입이라, 모사 마법 이외의 능력에서는 재능이 개화되지 않았다. 그렇기에 이 남자를 불러들인 것이었다.

'라울에게 그들을 죽이도록 만들 생각이었는데.'

이 남자는 도움을 주겠다고 한다. 그들에게 자신이 손을 대는 것은 규칙에 반하기 때문이라는 것이 그의 주장이었지만, 과연 그 말을 진실로 받아들여도 될까. 애당초 이 남자는 진심으로 협력을 청하는 것인가. 너무나도 바라던 그대로의 전개라서 오히려 꺼림칙했다. 어쩌면 라울의 책략에 걸려드는 상황이 아니냐는 의심이 뇌리를 스쳤다. 하지만 대체 무슨 책략이지?

'──설마 이 남자, 모든 걸 알아차리고서…….'

그런 가능성이 문득 떠올라서 간담이 서늘해지는 기분이었다.

'안 돼. 일단 진정하자.'

과하게 의심에 사로잡혔다.

'나한테 좋은 전개라고 해서 뭐가 나쁜데?'

목적만 달성할 수 있다면 그 후에는 어떻게 되더라도 상관없다. 만에 하나 그의 함정에 걸려들었을지라도, 그런 짓을 할 이유가 전혀 짐작은 안 되지만, 설령 그렇다고 해도 이 제안을 거절하는 것은 멍청한 짓이다.

"확실히 나한테는 복수를 수행할 만큼의 힘이 없어."

"그런가. 그렇다면 간단하지. 이 손을 붙잡으면 돼."

조금 전에 에이다가 물러선 만큼 라울이 거리를 좁히고 들었다. 건네진 손. 에이다는 그것을 가만히 바라봤다. 복수를 달성하고 싶다면, 소중한 사람들을 구하고 싶다면 이 악마의 손을 잡을 수밖에 없다.

결의를 다지고 고개를 들었다. 팔을 뻗으니 무서우리만큼 간단히, 라울의 손에 닿았다. 에이다의 손을 맞잡은 그의 손끝은 죽은 사람처럼 차가웠다.

"그래. 그걸로 됐어. 복수를 위한 수단을 고르고 있어서야 진정한 증오라고는 할 수 없으니까 말이야."

감미롭게 미소 지으며 악마가 귓가에 대고 속삭였다.

"이걸로 우리는 한동안, 동료야. 사이좋게 가자고."

에이다는 죽은 마음 그대로 고개를 끄덕여 답했다. 이제 돌이킬 수 없다. 결코──.

"그래서 서포트라는 건 구체적으로 뭘 해주는 거야? 나는 그 녀석들을 쓰러뜨릴 방법이 없어. 내 능력으로 쓸 수 있는 건 모방 마법뿐이야. 그 녀석들에게는 강한 호위가 붙어 있고, 무엇보다도 대마도사 벤델이 너무 강해."

"어―. 잔챙이 호위 같은 건 내 마법으로 못 움직이게 해버리면 그만이야. 앨링험은 애당초 전력외고. 실질적으로 벤델이랑 일대일로 붙게 되겠네. 하지만 그 녀석도 네 적이 아니야."

"잠깐만, 무슨 소리야."

남의 마음도 모르고 꽤나 간단하게 말해주신다.

"벤델이 어느 정도로 강한지 너도 알잖아. 최고위 마법을 몇 가지나 사용하는 건 물론이고 연속해서 발사하는 것조차 가능하다고? 그의 마력은 끝이 없다는 소문, 사실이겠지?"

"뭐, 그렇지 않고서야 용사 파티의 일원으로 있지는 못했을 테지."

"상당한 자신감이네. 확실히 용사 파티는 최강이었지만……."

그러자 라울은 어이없다는 표정을 띠었다.

"아니아니. 그런 파티가 최강이라고? 웃기지 마."

"하지만 당신은 마왕을 쓰러뜨릴 만큼 강했잖아."

"이것 참, 내 흑역사라고. 다시 끄집어 내면 마음에 대미지를

65

받을 정도로 말이야."

라울은 가슴에 손을 대고 상처받았다는 것 같은 표정을 만들었다. 여전히 농지거리 같은 태도였다. 하지만 이 남자가 시종일관 경박한 덕분에 무슨 말을 하든 점점 동요하지 않게 되었다. 그 점에서는 감사해야만 한다. 그렇지 않았다면 지금 라울이 꺼낸 발언으로 또다시 정신이 나갔을 테니까.

"어째서 용사 파티의 강함을 부정하는데?"

에이다는 자신이 냉정을 잃지 않았다는 사실을 곱씹고 싶어서 굳이 그런 질문을 던졌다. 예상 밖의 질문이었는지 라울은 드물게도 의외라는 듯 눈썹을 꿈틀했다. 하지만 그가 그런 반응을 보인 것은 찰나, 금세 또다시 평소의 사람을 깔보는 것 같은 표정으로 돌아오고 말았지만.

"어째서고 저째서고. 혹시 내가 지금 과거의 용사 파티와 대치했다면 확실히 순식간에 죽일 수 있을 정도인걸."

허세를 부리는 것과는 달랐다. 단순한 진리를 확인하는 것 같은 말투로 라울은 계속 말했다.

"리더인 용사가 약점투성이잖아. 그런 팀은 쉽게 무너져."

마치 남 일처럼 과거의 스스로를 깎아내렸다. 라울이 너무도 즐거워보여서 에이다도 계속 흥미로워하는 척을 했다.

"용사의 약점이라고?"

"정보 수집 능력이 낮아. 사람을 보는 눈이 없어. 누군가를 지키기 위해서, 나라를 위해서. 그렇게 목적을 타인에게 떠맡기는 구석에서도 알 수 있다시피 스스로 생각하는 머리가 없거든. 그리고 무엇보다도 정신력이 약해. 작은 일로도 동요하니까 그 틈을 찌르면 간단히 함정에 빠뜨릴 수 있지."

한 번 깜빡이지도 않고 핏발 선 눈을 부릅뜨며, 흥분하며 단숨에 그리 단언했다.

"그런 녀석한테 쓰러진 마왕을 동정하게 되네."

"……흥."

"이런. 그만 이야기가 벗어나버렸네. 마왕의 추억담은 또 다음 기회에. 이야기를 되돌리자. 용사와 마찬가지로 벤델한테도 약점이 있어. 그 부분을 찌르면 재밌어질 거야."

"벤델의 약점……."

라울은 테이블 옆으로 돌아가더니 의자를 반대 방향으로 돌리고 털썩 앉았다. 등받이에 뺨을 괸 그는 거드름 피우는 동작으로 에이다의 호기심을 뒤흔들었다.

"빨리 자세하게 설명해!"

"하하! 그래. 가르쳐 줄게. 그 녀석은 말이야, 정신력이 엄청나게 약하거든. 자기평가를 타인한테 너무 떠넘겨. 대의명분에 약해. 사람을 보는 눈이 없어. 자신의 머리로 무언가를 생각하지 못해."

"잠깐만. 그거 아까 용사의 약점으로 든 거랑 똑같잖아."

"그래. 무시무시하게도, 용사였던 시절의 나랑 벤델은 아주 비슷한 약점을 가지고 있거든."

라울은 그러더니 에이다에게 실제 사례를 가르쳐 줬다.

"어느 마을에 들렀을 때의 이야기야. 마을 사람들에게 부탁을 받은 순간, 라울은 그들을 내버려 둘 수 없다고 이야기했지. 벤 넬도 완전히 같은 의견으로 한동안 이 마을에 머무르자고 주장했어. 마족 퇴치와는 전혀 관계가 없는 분쟁이었는데."

두 사람이 어떻게든 해결하려고 애쓴 결과로 여정이 상당히 늘어지고, 결과적으로 본래라면 구해야만 하는 마을의 사람들이 마족에게 고통받는 기간이 길어졌다. 그때는 둘 다 너무도 침울해서는 반성했지만, 결국에 비슷한 상황이 올 때마다 거의 같은 실수를 거듭했다.

"양쪽 다 줏대도 없으면서 눈에 띄고는 싶어 했으니까. 남들이 의지하면 잔뜩 신이 나서 확확 넘어가 버리거든. 애당초 물 마법보다 불 마법 쪽이 화려하니까 멋있다는 소리를 태연하게 늘어놨다고. 너무 애송이 같잖아."

나라에서 거금이 지급되었기에 둘 다 겉모양에 상당히 집착하여 몸에 최신 무기를 둘렀다.

"화려한 장비가 시장에 나올 때마다 둘이서 잔뜩 들떴던가."

에이다도 역시나 조금 질렸다는 듯 신음을 흘렸다.

"뭐라고 할까…… 약점만이 아니라 취향까지 똑같았군."

"응, 그래. 무의식적으로 서로 같은 포즈를 취하는 경우도 허다해서 자주 동료들이 그 사실에 딴죽을 걸기도 했어. 성녀님은 『틀림없이 너희는 영혼의 쌍둥이겠네』 같은 소리를 했던가. 벤 넬도 서로 닮은 사이라고 해서 나도 기뻤다고. 역시 친구라는 생각도 있었지."

실실 웃으면서도 라울의 눈에는 여전히 날카로운 빛이 깃들어 있었다.

"정말로 바보지. 그때의 나는 몰랐어. 동족혐오라는 개념을 말이야. 서로 닮았으니까 친해지는 일도, 경우에 따라서 있을지도 모르겠지만."

"하지만 벤델은 그렇지 않았다?"

라울은 마치 남 일처럼 고개를 끄덕였다.

"응. 사실은 이유도 없이 그냥 싫었다고 본인한테서 들었어. 이것 참— 그때는 상처받았지."

"본인한테서……?"

"그래. 벤델의 책략으로 빅토리아한테 붙잡힌 뒤에 말이야."

"당신, 벤델한테 살해당했던 거야?"

"아니아니. 나는 배신을 당했을 뿐이라고 그랬잖아."

"그럼 누가 당신을——."

그리 말하려던 참에, 그녀를 오싹할 만큼 차가운 눈이 노려봤다.

"그 이야기, 너랑은 관계없잖아?"

"……윽."

꺼림칙할 정도의 이 노기는 대체 무엇인가. 머리로 그리 생각하는 것보다 먼저, 본능이 소란스럽게 경종을 울렸다. 목숨이 아깝다면 결코 거슬러서는 안 된다고. 라울은 표정을 바꾸었을 뿐이었다. 그런데도 이런 수준의 공포를 다른 사람에게 줄 수 있다니——.

'악마 자식…….'

에이다는 심장 박동이 빨라진 가슴에 손을 댄 채, 홧김에 마음속으로만 그렇게 독설을 날렸다.

"――이런, 또 벗어나 버렸네. 어쨌든 벤델한테 어떻게 복수하는지 말인데, 마법을 사용해서 정신 공격을 가하는 게 좋다고 생각해."

"모사 마법으로 그런 공격은 무리야. 어떻게 하면 되는데?"

"이렇게 하는 거야."

갑자기 이쪽을 향해 손을 뻗은 라울에게 안면을 꽉 붙잡혔다. 비명을 지를 틈도 없었다. 앗, 숨을 삼켰을 때에는 그대로 바닥에 넘어진 상태였다. 원시적인 공포에 사로잡힌 에이다는 영문도 모른 채로 있는 힘껏 발버둥 쳤다.

'큭……. 어째서 꿈쩍도 안 하는 거야……?!'

호리호리한 체구라고 얕봤지만 역시나 상대는 남자였다. 위에 올라타서 체중을 가한 것만으로 몸의 자유를 간단히 빼앗아버렸다. 몸을 물리려고 했지만 뒤통수에 손을 둘러서 시선을 피할 수가 없었다. 눈 안쪽을 들여다보는 라울이 입 안에서 영창을 시작하자 묘한 힘이 흘러들었다.

"히……익."

마음속에서 무언가 시커먼 감각이 넘쳐흘렀다.

"시, 싫어어어어어! 이거 뭐야 이거 뭐야?! 아아아아악……!"

에이다는 강제적으로 들어온 꺼림칙한 힘이 두려워 비명을 질렀다. 악착같이 날뛰어 벗어나려고 했지만 그런 것은 허락지 않겠다는 듯 억눌렀다. 마지막까지 영창을 마치자 에이다의 의식은 천천히 녹아들었다. 자신의 윤곽이 애매하게 느껴진다. 몸의 힘이 빠지고 에이다는 그 자리에 쓰러졌다──.

◇ ◇ ◇

몇 초 후. 의식을 되찾자 믿을 수 없게도 에이다의 눈앞에 자신의 몸이 누워 있었다.

"이건 뭐야……."

중얼거린 목소리가 이상하게 낮았다. 위화감을 느끼고 황급히 목을 양손으로 눌렀다.

"어떻게 된 거야……?!"

완전히 라울의 목소리로 바뀌어 있었다. 한순간 모사 마법을 걸었을 때의 상태로 돌아온 건가 착각했다. 하지만 그런 일은 있을 수 없었다.

'그렇지만, 이미 마법은 풀렸고, 무엇보다도 내 몸은 눈앞에 있어……!'

쭈뼛쭈뼛 시선을 내렸다. 입고 있는 옷은 완전히 용사 라울이 걸치고 있던 것이었다. 이번에는 양손을 살펴봤다. 가늘고 긴 손가락이지만 틀림없는 남자의 것이었다.

'서, 설마…… 내 의식이 라울의 몸으로 들어와 버렸어……?'

그 사실을 깨달은 에이다는 아연실색했다.

『이봐, 상황은 이해했어?』

"꺄악?!"

갑자기 머릿속에서 목소리가 들려, 놀라서 소리 질렀다.

『이것 참. 내 모습 그대로 여자 같은 비명을 지르는 건 그만두라고. 기분 나쁘잖아.』

"머, 머릿속에서 목소리가 들려?!"

『그야 그렇겠지. 나도 이 몸 안에 있으니까.』

"……좀 전에 나한테 어둠 마법을 걸었구나."

『정답.』

아무래도 라울의 어둠 마법으로 에이다의 영혼은 그의 몸 안으로 끌려 들어와 버린 모양이다. 다시 말해 지금, 라울과 에이다의 영혼은 하나의 몸 안에 공존하고 있는 상태였다. 생리적인 혐오감 같은 것이 치밀어 올라서 에이다는 참을 수가 없는 기분이었다. 하지만 그 사실을 입 밖으로 꺼낸다면 틀림없이 라울이 비웃을 것이다.

'이런 남자한테 약점을 드러내고 싶지는 않아…….'

가능한 한 평정을 가장해야 한다고 스스로를 타일렀다.

『네 몸은 쓰러지기 전에 제대로 받아내서 눕혀줬으니까 안심해. 머리가 부딪혀서 죽었다가는 네 영혼을 돌려놓을 장소가 사라지니까. 뭐, 누워 있는 장소는 화장실 바닥이지만. 너, 아까 여기서 넙죽 엎드렸으니까 문제없겠지.』

"그런 것보다! 이런 마법, 이제까지 본 적 없어……!"

『어둠 마법이란 건 재밌거든. 심오하단 말이지. 뭐, 이번 마법은 난이도가 높은 모양이니까 전설급으로 취급되나 봐. 실존하는지조차 의심스럽다고 기록되어 있었으니까.』

갑자기 몸이 멋대로 움직이기 시작했다. 이것은 라울의 의사에 따른 것이리라. 라울은 영창 없이 마법을 발동시키더니 공중에서 출현한 구멍에서 어둠 마법 사전을 꺼냈다. 그 책의 페이지를 넘기며 해설했다.

"이건 옛날에, 마왕의 보물고에서 손에 넣은 물건이야. 자, 여길 봐. 이 페이지에 적혀 있잖아.『영혼 공유 마법』이라고."

『……! 난이도 SSS급……?! 세상에……. 발동할 수 있는 인간이 전 세계에 하나 있을까, 그런 수준이 아니잖아?!』

"내가 굉장하다고? 나도 알아. 그보다도 당황하면 이해가 늦어지니까 진정해줄래? 네 정신 상태가 안정될 때까지 기다리다니 사양이야."

에이다는 숨을 꾹 삼키고 떨떠름하게 수긍했다.

『……하지만 어째서 이런 마법을 썼지?』

"너한테 복수할 만큼의 힘이 없으니까 어쩔 수 없잖아. 내 강력한 마력을 빌려 주자고 생각했어."

『빌려, 준다고?』

"저 녀석들한테 복수하기 위해서라면 이 몸을 마음껏 써."

『뭐라고……!』

용사 라울의 몸을 빌릴 수 있다.

'그렇다면 무서울 건 없어……!'

라울이 건넨 제안은 실로 매력적이었다. 다만 이 악마 같은 남자가 선의로 힘을 빌려준다고 생각하기는 어려웠다.

『보상을 요구할 생각이겠지?』

에이다는 신중하게 물었다.

"당연하지. 하지만 딱히 터무니없는 요구를 하려는 건 아니야. 나도 이 몸 안에 있고, 필요할 것 같다면 그때그때 조언을 할게. 다만 복수는 네 의지에 따라서 진행하겠어. 어때? 나쁜 이야기가 아니잖아?"

『……뭐, 그러네.』

이미 라울의 손을 잡기를 결심했다. 더욱 터무니없는 것을 요구할지라도 이제 와서 도망칠 생각은 없었다.

"내 이야기는 이해했나?"

그 질문에 머뭇머뭇 수긍했다. 라울이 어떻게 할 생각이든 상관없다. 복수를 이루기 위해서라면 악마의 힘이라도 이용해주겠다.

"이해가 빠른 여자는 싫지 않아."

『그래서, 어떻게 마법을 쓰면 되는데?』

"그건 실전으로 가르쳐 줄게. 그럼 갈까. 욕망으로 점철된 괴물들을 구축하러——!"

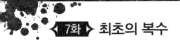

——자, 여기까지는 내 생각대로 일이 진행되었다.

하나의 몸 안에 두 영혼이 들어 있다는 상태를 체험하는 것은 나로서도 처음이었다. 평범하게 행동하는 동안에는 에이다의 존재감이 느껴지지는 않았다. 이 상태는 무척 흥미로웠다.

"있잖아, 에이다. 어떤 느낌이야? 뇌 구석에 움츠리고 있는 것 같은 감각?"

『미안하지만 남의 몸을 빌리고 있다는 느낌은 아니야.』

하지만 이런 식으로 이야기를 건네면 머리 안쪽에서 대답이 돌아오니까 재미있다.

『나는 이제까지처럼 하나의 몸을 가지고 있는 것 같은 느낌이야. 그 몸이 자기 뜻과 달리 움직이는 게 기분 나쁘지만.』

"호오, 그런 건가. 확실히 이 마법의 경우, 내가 조작권을 양도하기만 하면 네 의지로도 몸을 움직일 수 있으니까 말이야. 빌린다기보다 공생에 가깝겠지."

『어. 내가 몸을 움직일 수도 있어?』

"응. 해봐."

나는 몸에서 스윽 힘을 빼고 파도에 몸을 맡기는 듯한 이미지로 조작권을 포기했다. 처음에 에이다는 당황한 듯 천천히 손을 들었다가 내렸다가 했다.

"와! 정말! 움직였어!"

내 입을 통해 나온 말도 내 것에서 에이다의 것으로 전환되었다.

『픕, 엄청 들떴잖아.』

"……윽."

무심코 천진난만한 반응을 해버렸을 테지. 내가 그 사실을 지적하자 에이다는 분위기를 다잡듯 헛기침을 했다.

『하하하. 간신히 진짜 태도를 드러내게 되었네. 한동안은 운명 공동체니까 괜히 경계하지 말라고.』

"시, 시끄러워……. 나는 당신같이 머리가 이상한 상대랑 사이좋게 지낼 생각은 없으니까."

나만 맛이 갔나? 그렇게 되물을까 하는 생각도 들었지만, 언제까지고 여기서 놀고 있을 수는 없었다. 나는 '뭐, 그건 됐고' 하고 이야기를 넘긴 뒤, 본론으로 들어갔다.

『그래서 앨링험이랑 벤델은 어디에 있지?』

녀석들의 이름을 꺼낸 순간, 에이다가 경직되었다.

표정도 순식간에 인형 같은 느낌으로 바뀌었다.

"그 녀석들은 건물 가장 깊은 곳에 있는 홀에 있어. 오늘 새로 끌고 온 마족들한테 그 방에서 값을 매길 거야."

『흐응, 메인 디시가 가장 깊은 곳에서 기다리는 배치는 좋네.』

이건 복수극이니까, 역시 최고의 메뉴는 클라이맥스에 있었으면 좋겠다.

『그럼 우리도 그곳으로 갈까.』

"그래."

『한동안 육체 조작은 너한테 맡길게.』

"……알았어."

고개를 끄덕인 에이다는 문을 열고, 시설의 답답한 복도로 나갔다. 그러고는 입술을 꾹 깨문 채로 지그시 앞을 응시하며 건물 안을 나아갔다. 어디선가 비명이 들려왔다. 게다가 통기구 앞을 지날 때마다 무어라 형용할 수 없는 악취가 코를 찔렀다. 이런 냄새는 많은 인간이 비참한 방법으로 죽은 장소에만 존재한다.

이것 참. 이곳 역시도 상당히 악취미스러운 시설인가보다. 이곳 노예 수용 시설과 장군의 성, 그리고 리네 베네케 박사의 연구소. 과연 가장 빌어먹을 장소는 어디일까. 등수를 매기기 힘든 쓰레기들의 얼굴을 떠올리며 에이다의 동향을 지켜봤다.

건물과 건물을 잇는 통로로 접어들자 멀리 가장 소박한 단층 건물이 보였다.

『저기, 저건 뭐야?』

"저건 옛 수용소. 노예들이 머무르는 장소야."

『어? 하지만 노예의 숫자는 상당하잖아?』

"그래. 지금은 칠백 명 가까이 수용되어 있을 테지."

『아무리 팔아 치워서 줄어든다고는 해도, 저 건물에 모두 수용하지는 못하겠는데.』

"노동 능력이 없는 노예나 싼값이 매겨진 노예들은 공동방이라 불리는 장소에 처넣으니까. 그곳에서는 매일, 선 채로 자고 그러거든. 밀착 상태 그대로 꽉꽉 들어차서 움직일 수도 없어. 그런 상태에서 쉴 수 있을 리도 없겠지. 쇠약해져서 병이 들거나 죽거나, 마음이 이상해져서 자살하는 자는 끊이질 않아. ──자, 저거 봐."

옛 수용소보다 더 동쪽을 에이다가 가리켰다. 그 방향으로 시선을 향했더니 거대한 구멍이 뚫려 있다는 사실을 깨달았다. 우와, 나왔다. 장군이 하인들에게 명령해서 정원에 판 구멍에 시체를 버려대던 게 떠오르네. 용도는 그것과 같겠지. 다만 구멍의 규모가 완전히 달랐다.

"매일 터무니없는 숫자의 사망자가 나오니까 구멍에 넣는 것만으로는 따라가질 못해. 사흘에 한 번씩 불을 질러서, 저 구멍안에서 시체를 태우는 거야."

증오가 담긴 눈빛으로 정처 없는 방향을 노려본 에이다는 내뱉듯이 말했다. 신기하게도 에이다가 분노를 느끼자 그녀의 감정으로 끌려들어서 내 기분도 이상하게 술렁였다. 같은 몸 안에 있으니까 서로의 영혼에 영향을 주고받는 걸까. 하지만 나쁘지 않은 감각이었다. 복수심을 불태워 줄 연료는 대환영이라고? 역시 이 녀석을 파트너로 선택한 것은 정답이었네.

나는 한동안 에이다의 분노에 어울려 줄 생각이었지만, 당사자가 그것을 거부했다.

"걸음을 멈출 여유가 있다면 움직여야 해……."

혼잣말로 그리 중얼거리더니 큰 구멍에서 눈을 돌리고서 걸음을 옮겼다. 통로를 넘어간 건물도 역시나 돌로 만들어져서 냉랭했고, 어스름한 통로가 구불구불 끝도 없이 이어졌다. 투박한

벽 군데군데 이상하게 튼튼한 철문이 설치되어 있었다. 여전히 절규나 울음소리의 메아리도 그치지 않았다. 한 층 아래로 내려가자 소리가 커졌다.

"이번 층은 노예들이 일하는 곳이야. 방은 전부 열 개인데, 그 안에서 다양한 일을 시키고 있어."

『그냥 팔리는 날을 기다리는 게 아니었군.』

"앨링험이 마족들한테 자주 그랬어. 『팔릴 때까지 너희는 상품이 아니야. 내 노예지. 귀족님께서 사주시고서야 처음으로 상품이라는 입장을 손에 넣을 수 있지. 그러니까 그때까지는 한눈 팔지 말고 열심히 일해!』라고."

그렇다고 해도 이런 비명. 그저 부려 먹히는 것만이 아닐 거라고 물었더니 에이다는 콧잔등에 주름을 만들며 고개를 끄덕였다.

"저 녀석들의 최우선 목적은 일을 시키는 게 아니야. 노예를 희롱하고 죽이는 거야……! 절대로 용서 못 해……."

분노로 몸을 떨며 에이다가 주먹을 움켜쥐었다.

화난 내 목소리는 스스로도 오랜만에 듣네. 그렇지만 여자 말투라는 게 말이지…….

"다른 녀석들 앞에 나가면 제대로 나처럼 말해줘. 그리고 말이지, 그렇게 화가 치민다면 노예를 구해주는 게 어때?"

"어……."

에이다가 연신 눈을 끔뻑였다. 스스로에게 그런 힘이 있다니, 그런 발상 자체가 없었다는 표정이었다. 있다고, 지금 너한테는. 내가 서포트하고 있으니까. 자, 살짝 자신감을 붙여줄까.

"그 녀석들한테 가기 전에, 노예가 있는 방을 돌면서 다 풀어 주면 되잖아. 간단한 이야기야. 호위를 전부 죽이면 끝이니까."

"그럴 수 있어?"

"복수가 동기라면 뭐든 하게 해줄게."

에이다가 흥분해서 그러는지 심장 박동이 점점 빨라지기 시작했다.

그래그래. 자신의 욕망에는 솔직해야지.

에이다는 우선 첫 번째 방의 문을 살―며시 열었다. 기세 좋게 쾅 들어가면 될 텐데. 뭐, 마음대로 하게 두자.

문을 연 순간, 지독한 냄새가 밀려든 탓에 에이다는 '윽' 신음하며 입을 막고 말았다. 허어―, 이건……. 부패한 시체에서 넘쳐 나오는 독특한 냄새가 가득했다. 악취를 풍기는 지옥의 실내에서는 깡마른 여자들이 채찍질을 당하며 억지로 일하고 있었다. 이 방에서 행해지는 【일】은 시체 처리였다. 아무래도 밖의 큰 구멍으로 옮기기 전에 여기서 시체를 자르는 모양이었다. 확실히 그렇게 하면 여자들의 힘으로도 시체를 큰 구멍까지 옮길 수 있다. 방 안쪽에 대량으로 쌓여 있는 것은, 이 시설에서 죽었을 엄청난 숫자의 마족 시체였다. 손이 없는, 다리가 없는, 뇌가 없는, 머리가 함몰된, 눈알이 튀어나온. 이런 식으로 말하면 뭐하지만 언뜻 보기에는 제대로 된 시체 따위 하나도 없었다.

사슬로 묶인 여자랑 아이들은 오인 일조로, 하나가 실수를 저지르면 연대책임을 지는 모양이었다.

그리고 바로 지금, 징계의 광경이 눈앞에서 펼쳐지고 있었다.

휘청거리던 여자가 썩은 시체를 보고 구토한 순간, 채찍을 든 수위가 싱글대며 다가가서 '전부 같이 얻어맞을지, 남은 멤버들이 이 여자한테 채찍질을 할지 선택해'라고 말한 것이다.

　마족들은 서로 속을 떠보듯 흘끗흘끗 시선을 보냈다. 잠시 틈을 둔 뒤, 뼈와 가죽뿐인 손으로 넷은 일제히 채찍을 붙잡았다.

　"히……익."

　"좋아. 너희 손으로 채찍질을 하는 거로군?"

　"사, 살려주세요……. 그만. 아아. 그만……!"

　울려 퍼지는 비명 가운데, 채찍을 휘두르는 소리가 섞였다.

　"살살 봐주다가는 어떻게 되는지 알고 있을 텐데."

　그렇게 위협을 가했기에, 나머지 넷은 필사적으로 때릴 수밖에 없었다. 하지만 그때——.

　"이것 참. 봐주지 말라고 하는데도 그러냐."

　호위가 가장 체구가 작은 여자의 팔을 붙들었다.

　"네놈들, 이번에는 이 여자한테 채찍질을 해라!"

　"그럴 수가……! 봐주지 않았어요! 부탁, 부탁이니까요!"

　그 여자한테서 빼앗은 채찍이 징계를 당하던 여자의 손에 건네졌다.

　"자, 너. 당한 만큼 갚아줘라. 제대로 하면 아까 실수는 없었던 일로 해주지."

　"……! 아, 알겠어요……!"

　여자는 주저하기는커녕 눈을 사납게 빛내며 채찍을 휘두르기 시작했다. 살 수 있는 기회를 결코 놓치지 않겠다는, 그런 삶에 대한 강한 집착을 느꼈다.

"아악, 그, 그마아안……! ……아으……아…….."

비명은 금세 줄어들고 채찍이 바람을 가르는 소리와 피부가 터지는 소리만이 남았다.

『아―아. 죽을지도 모르겠네, 저거.』

내가 중얼거리자 에이다가 어깨를 크게 움찔했다.

"그건 안 돼……!"

『좋아. 그럼 얼른 행동할까. 복수의 개시야.』

"……저 녀석들한테, 복수를……."

꿀꺽 침을 삼킨 에이자의 입가가 자연스럽게 올라갔다. 기대 감으로 가슴이 부풀지? 솔직해서 무척 좋네. 하지만 말이지―, 사―알짝 얄팍하지 않나?

『어라, 수위들도 네 복수 대상이었나?』

나는 시치미 떼는 목소리로 그렇게 물었다.

"……!"

에이다는 그 순간, 뻔히 보이게 당황했다. 뭐, 좋다고. 보고도 못 본 척 해주지. 너는 아직 나한테 중요한 말이니까.

『확실히 앨링험 혼자서 네 아버지를 죽였을 거라고는 생각되지 않네.』

"그, 그래. 아버지를 학대한 인간 중에, 수위도 있었을 테지."

『그럼 제대로 죽여서 복수를 수행해야겠네!』

에이다는 대답 대신에 손을 꽉 움켜쥐었다.

『지금부터 수위들의 목을 단숨에 날릴 수 있는 마법의 주문을 가르쳐 줄게. 너는 그저 그 마법을 영창하기만 하면 돼. 그걸로 복수를 하나 수행할 수 있어. 게다가 이 방에 있는 녀석들을 전부 한꺼번에 구하는 거야.』

"목을…… 날린다……."

『뭐야? 설마 주저하는 거야?』

내가 정곡을 찌르자 에이다는 노골적으로 당황했다.

"그, 그건……."

사람을 죽인 적이 없으니까? 아니면 수위들의 목숨도 소중하다, 그렇게 생각해서? 주저하는 이유 따윈 아무래도 상관없다. 애당초 에이다가 아무 망설임도 없이 첫 걸음을 내디딜 수 있을 거라고는 생각하지 않았다.

괜찮아. 안심해. 내가 제대로 기초를 가르쳐 줄게. 너는 하면 할 수 있을 터. 너는 바로 그【XX의 XX】이니까!

『자, 어서. 우선은 한 번 더 제대로 주위를 둘러봐. 예를 들면 아까 채찍으로 얻어맞던 녀석은 어때?』

"어……."

상처투성이가 되어 바닥에 쓰러진 여자는 마치 쓰다 버린 걸레처럼 보였다. 가늘게 경련하지 않았다면 살아있는지도 알 수 없었겠지. 내출혈로 온몸이 보라색이 되어 있고 열상이 생긴 곳은 살이 문드러져 부풀어 올랐다.

『저 상태로는 얼른 회복 마법을 걸어주지 않으면 죽어버릴 텐데―. 하지만 그러려면 수위를 죽일 필요가 있어. 그렇지?』

눈을 부릅뜬 에이다는 쓰러진 여자를 계속 직시하며 굳어 있었다. 안구가 떨리듯 움직이고 있기에 그녀의 망설임과 갈등을 느낄 수 있었다.

『어떻게 할래? 그냥 죽게 내버려 두겠어? 잔챙이한테 복수하는 건 관두고, 앨링험과 벤델만 죽이는 걸로 해둘까. 그때까지 마음의 준비가 된다면 문제없어.』

"아, 아니야…… 나는……."

『설령 수위가 손을 썼다고 해도, 앨링험과 벤델의 명령이었으니까 어쩔 수 없겠네? 싫어도 할 수 없이 따랐을지도 모르는 녀석들을 응징하는 건 불쌍하겠지?』

"……아니. 수위들은 그저 명령을 받았기 때문에 그런 게 아니야. 자기들도 즐거워서, 저런 잔학한 짓을 벌이고 있어……!"

조금씩 마음의 저울이 어둠 쪽으로 기울고 있었다. 추를 더욱 올려주자.

"……윽."

『실은 죽이고 싶지 않은 거 아냐? 네 복수심은 겨우 그 정도였어, 하하핫.』

"잠깐. 여기서 소동을 벌이면 진짜 목적인 그 녀석들한테 갈 수 없을지도 모르잖아. 좀 더 신중하게──."

『생각하는 척 시간을 버는 건 그만둬. 이제 변명은 됐어. 마지막 기회야. 어떻게 할래?』

에이다는 떨리는 눈빛으로 주위를 다시 둘러봤다. 몸을 공유하는 내게도 눈앞의 광경이 물론 보였다. 너덜너덜한 마족들. 비쩍 말라서는 상처투성이. 흥분한 수위는 그런 마족들을 즐겁다는 듯 희롱하고 있었다. 이런 참상 가운데, 그것을 어떻게든 해결할 수 있는 힘을 가지고서 아무것도 하지 않을 수 있겠나. 정신 상태가 정상인 녀석으로서는 분명 그럴 수는 없다.

나는 그저 조용히 기다렸다. 에이다의 말을.

"저 녀석들을, 죽이겠어……."

그래, 에이다. 좋네. 내가 기대를 가지고 맞이한 파트너다워.

"정말로 아까 말한 주문을 영창하는 것만으로 돼?"

『그래. 조작은 내가 맡을게.』

"알았어."

결의를 다지고 나니 에이다에게 망설임은 전혀 없었다. 아무래 그래도 몸을 떨고는 있지만, 그것은 사람을 죽이는 상황에 흥분한 탓이겠지. 나는 에이다의 각오를 느끼며 주문을 가르쳐 줬다.

『자, 영창해.』

숨을 스읍 들이쉬고, 정면을 응시하고. 에이다가 조용한 목소리로 주문을 영창했다.

그 순간, 실내에 있는 수위들의 목이 날아갔다. 퍼벙, 그런 얼빠진 파열음과 함께. 머리를 잃은 시체에서 기세 좋게 피가 뿜어 나왔다.

"어. ……꺄, 꺄아아아아아아아악?!"

무슨 일이 벌어졌는지도 모르고 그 피를 고스란히 뒤집어쓴 마족들이 이성을 잃은 비명을 터뜨렸다.

하하. 아무리 이 녀석들이 비인도적인 행위를 저질렀어도 흘리는 피는 붉구나.

머리를 잃은 몸이 시차를 두고 쓰러지자 그것을 계기로 실내는 대혼란에 빠졌다.

"뭐야?! 무슨 일이냐?! 누가…….."

"살려줘! 싫어, 싫어어어!"

『자, 뭐해. 저 녀석들한테 상황 설명을 해줘야지. 자유를 선언해주라고.』

내가 그렇게 말해서 재촉해도 에이다는 말이 나오지 않는 모양이었다. 처음으로 대량살인을 저지른 탓에 쇼크 상태에 빠진 듯했다. 정말이지, 섬세하구나.

"어쩔 수 없네. 그 역할만큼은 내가 대신해서 맡아줄게."

몸의 사용권을 되돌린 나는 한창 혼란에 빠져 있는 실내 중앙으로 저벅저벅 나아갔다. 소리를 지르고 싶지는 않았다. 쓸데없이 지치다니 농담이 아니라고. 그래서 바로 옆에 있던 돌기둥을 마법으로 폭파했다. 그 굉음을 듣고 노예 마족들의 시선이 단숨에 모였다.

"힉……! 용사 라울……!"

모두의 얼굴이 단숨에 새파래졌다. 마족들은 나를 이 세상에서 가장 무서운 존재처럼 올려다봤다.

"어, 잠깐잠깐. 나는 아군이라고. ──뭐, 아하하! 이것 참, 전혀 믿지 않는 눈빛으로 보는 건 그만둬."

나는 일부러 천천히 이야기해서 마족들을 진정시켰다.

"알겠나. 냉정하게 생각해. 살해당한 건 수위뿐이잖아?"

겁먹은 눈빛의 노예들이 주위에 흩어진 시체를 쭈뼛쭈뼛 돌아 봤다.

"화, 확실히⋯⋯."

"하지만 용사 라울은 앨링험의 동료야⋯⋯."

당황한 마족들을 내려다보고 나는 짝짝 손뼉을 쳤다.

"나는 이유가 있어서 용사의 모습으로 변신한 상태지만, 너희를 구하러 온 아군이야! 그 증거로, 수위들을 지금 마법으로 몰살시켜 줬잖아?"

"⋯⋯그, 그럼, 우리는 살았어⋯⋯?"

"믿을 수 없어⋯⋯. 틀림없이 우리를 속이고 헛되이 기뻐하는 모습을 즐길 생각이야⋯⋯."

"그런 이야기를 해도, 실제로 수위는 죽었다고⋯⋯."

의심병이라는 녀석인가. 이 상황에서 그리 간단히 인간을 신용하지 못하는 것도 이해한다고.

"나는 지금부터 모든 방에서 수위를 죽이고 노예를 전원 풀어 주러 다닐 거야. 최종적으로 주범인 앨링험과 대마도사 벤넬도 죽여버릴 테니까, 참가하고 싶은 녀석은 따라와도 돼."

설명을 계속하며 손가락을 딱 튕겨 노예들의 사슬을 마법으로 파괴했다. 겸사겸사 회복 마법도 걸어줬다. 물론 선의로 한 행동이 아니었다. 에이다의 마음을 완전히 끌어들이는 것과 노예의 신뢰를 얻는 것이 목적이었다. 그런 이유가 없었다면 남을 돕다니 죽어도 하고 싶지 않단 말이지. 물론 내 진의 따윈 모르는 노예들은 자유로워진 양손을 내려다보고 환호성을 터뜨리기 시작했다.

"자, 자유야……. 저분께서 자유롭게 해주셨어……!"

"저분은 우리의 구세주야……!"

"정말이야! 우리를 이 지옥에서 구해주셨어……. 아아, 감사합니다!"

조금 전까지 의심의 시선을 보내던 마족들이 내 곁으로 달려와서 감사의 뜻을 표하듯 무릎을 꿇었다. 에이다가 머릿속에서 『굉장해……』라고 중얼거리는 것이 들렸다.

『그만큼 혼란에 빠져 있던 마족들을 이다지도 간단히 장악하다니……. 분하지만, 역시 용사야.』

"이런 것들도 전부 너를 위한 거라고? 칭찬보다는 감사해 줘."

에이다가 침묵했기에 나는 다시 마족들을 돌아봤다.

"자, 동포여. 너희는 어떻게 하고 싶어? 인간이 밉겠지. 앨링험 일당을 죽여버리고 싶겠지?"

"그건……."

"복수는 나쁘지 않아. 어디까지나 당한 만큼 되갚는 것뿐이니까 말이지?"

"그, 그래! 저 녀석들 때문에 엄청 괴로웠어……!"

부추기듯 꺼낸 달콤한 말이 하나, 또 하나씩 마족들의 마음을 사로잡았다.

"우리 아이는 그 녀석한테 죽었어……. 엉망진창으로 찔려서 온몸의 피가 빠져나갔다고!"

"내 동생의 시체는 들개의 먹이가 됐어! 복수하고 싶어……

죽여버리고 싶어!"

용솟음치는 증오의 불꽃이 번지고 점점 끓어올랐다. 열광적인
『죽여라』콜을 듣고 나는 황홀하게 눈을 감았다. 그립네. 내가
처형당했을 때도 이런 느낌이었다고.

"자, 그럼 동포들, 갈까?"

복수의 준비는 이것만이 아니다. 축제는 손님이 많을수록 즐
거우니까. 용사답게 각지를 돌면서 동료를 모으러 갈까.

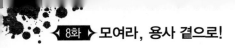

　　그리고 남은 방에서도 우리는 같은 일을 하며 돌았다. 처음에
는 당황을 감추지 못했던 에이다도 회를 거듭할수록 주저하지
않게 되었다. 살해도 악행과 마찬가지로 몇 번이고 손을 물들일
수록 익숙해지는 법이었다. 좋은 의미로도, 나쁜 의미로도.

　　자신의 마음을 지키기 위한 둔감함을 손에 넣은 에이다는, 수
위들의 피를 뒤집어쓸수록 눈빛이 탁해지고 때로는 황홀경에
이른 것 같은 표정을 하는 경우마저 있었다. 구한 마족들은 울
면서 감사의 말을 거듭하고 에이다를 추어 올렸다. 그게 기분
좋겠지?

　　악인의 목숨을 빼앗는 죄책감보다도 약한 사람들의 목숨을 지
킨다는 정의감에 빠진다. 마치 과거의 나를 보는 것 같단 말이지.

　　이미 에이다에게 충고했다시피, 복수하기 위한 이유를 자신의
바깥쪽에서 찾는 것은 위험한 행위다. 하지만 그것은 본인의 문
제이고 여기서 걸음을 멈춘다면 무척 곤란하니까, 나는 시치미
를 떼며 에이다의 복수를 계속 지켜봤다.

　　우리 뒤에는 해방되어 회복 마법을 받은 마족들이 뒤따르고
있었다. 마족들에게는 『복수에 참가하느냐, 이대로 도망치느
냐』, 제대로 선택지를 줬는데, 노인부터 아이들까지 모두 따라
오고 싶다며 손을 든 것이었다. 복수라는 행위가 얼마나 사람의

마음을 북돋우는 것인가. 복수가 가진 매력이 증명된 것 같은 느낌이라 나는 굉장히 기분이 좋았다.

"악독한 인간들에게 심판을!"

"마족의 손에 자유를!"

"빼앗긴 존엄을 되찾는 거야!"

"우오오오오!"

복수심에 내몰린 마족의 무리가 핏발 선 눈으로, 증오의 말을 흩뿌리며 행진한다. 발소리를 겹치고 땅울림을 일으켰다. 그 녀석들의 귀에도 기분 좋은 이 대합창이 전해지고 있겠지.

──그리고 마침내, 우리는 시설 가장 깊은 곳에 도달했다.

"저 문 너머에 앨링험과 벤델이 있어."

『아─, 간신히 도착인가. 겨우겨우 즐거워졌어.』

"……악취미네."

나는 기대를 부풀리며 에이다에게 말을 건넸다.

『지금부터 몰아붙이듯이 클라이맥스로 가자고─.』

에이다는 입술을 단단히 다물고는 양손으로 최후의 문을 열어 젖혔다. 수백 명의 노예를 한 번에 수용할 수 있을 만큼, 홀 안은 상당히 넓었다. 그곳에 앨링험과 벤델, 그들의 심복인 시설의 간부들이 우르르 모여 있었다. 그들 앞에는 마족 이백 명이 벽처럼 늘어서 있었다. 아무래도 정면에서 반격할 생각으로 이 방에 틀어박혀, 마족을 방패로 세우고서 기다렸나 보다.

"이것 참, 곤란하네. 정말로 노예를 전부 풀어 주면서 여기까지 왔구나."

앨링험은 여유로운 태도로 잔뜩 거드름을 피웠지만 동요를 미처 감추지는 못했다. 시선이 우리 등 뒤에 있는 마족들의 집단을 향해 몇 번이고 움직였다. 이런 숫자의 마족을 거느리고 대군으로 궐기한 모습은 보기에도 임팩트가 있거든. 딱히 이 녀석들을 싸우게 만들 생각은 없지만.

"그래서, 용사. 대체 무슨 생각이야? 그 노예들로 즐기자는 건 아니겠지."

"더 이상 그들을 노리개로 삼게 두지 않아."

"무슨 소리야. 용사라고는 해도, 제멋대로 구는 건 곤란해."

에이다는 증오가 담긴 눈빛으로 그들을 노려보더니 손가락을 척 내질렀다.

"닥쳐라! 너희 악행도 여기까지다!"

우와…….

허리에 손을 대고 결정적인 말을 던지다니, 그건 아니잖아? 아무리 나라도 머리를 부여잡고 싶어졌다. 연극 같은 태도는 싫어하지 않지만. 기왕 한다면 좀 더 스마트하게 재미있는 역할을 연기해달라고. 이래서는 무슨 삼류연극이다. 앨링험은 겁먹은 모양이지만 옆의 벤델은 입에 손을 대고서 명백하게 웃음을 참고 있으니까. 으—음. 영 긴장감이 부족하네.

"잘 들어라, 앨링험. 수위는 전부 목을 날려서 몰살시켰다. 너희도 같은 운명에 다다르게 되겠지."

"잘도 떠들어 대기는……."

"지금이야말로 복수의 시간이다. 이곳에 있는 모두 함께, 너희를 죽여주마.”

“흐, 흥! 꽤나 까불어 대시는데 말이지! 우리한테는 대마도사가 붙어 있다고!”

굳은 표정의 앨링험이 옆에 있는 벤델을 돌아봤다. 벤델은 앨링험의 시선을 계속 무시하며 참을 수 없다는 듯 웃음을 터뜨렸다. 에이다가 벤델에게 시선을 향했기에 내 감각에도 녀석의 모습이 비쳤다.

거뭇한 피부에 색소가 옅은 밤색 단발. 하얀 로브를 걸쳤지만 탄탄한 근육을 가졌음을 알 수 있는 체격이었다. 자신감으로 넘치는 표정이나 거동, 단정한 외모는 여자들에게 인기가 높아서 벤델은 들르는 마을마다 구애를 받았다.

“하하하하! 이건 걸작이네!”

한바탕 웃은 뒤에 즐겁다는 듯 가늘게 눈을 뜬 벤델은 에이다를 빤히 쳐다봤다. 저 표정은 잘 안다. 저 녀석이 자신의 생각에 도취되었을 때에 드러내는 것이었다. 그렇게 생각했더니 기묘하게도 내 가슴속에 그리움이 샘솟았다. 이것 참, 전혀 변함이 없구나, 벤델. 벤델의 본체와 제대로 대면한 것은 내가 처형되었을 때 이후로 처음이지만 마치 어제도 본 것 같은 기분을 느끼게 만들었다. 신기한 일이었다. 왕도에서 본 벤델은 녀석이 만들어 낸 환영이었으니까 실체와 만나는 것은 오랜만인데 말이지.

그건 그렇고, 역시나 좀 복잡한 심경이었다. 벤델과 다시 만나고 싶었다기보다, 이 녀석과 만나게 되니 아무래도 과거의 스스로가 떠오르고 만다. 아, 정말이지. 견딜 수 없이 부끄러워서 마구 굴러다니고 싶은 기분이었다.

　그게 말이지, 나도 참. 이런 쓰레기를 친구라 믿었다고. 그것도 일방적으로. 으아, 오싹오싹하네.

　그런 내 갈등 따윈 모르는 에이다는 불쾌한 듯 벤델을 노려봤다.

　"뭐가 웃기지, 벤델."

　"아니, 그게 말이야. 분위기를 타고 너무 까불어 대는 발언을 하니까 웃겨서. 있잖아, 라울. ——아니, 가짜 라울이라고 부르는 편이 나을까?"

　"가, 가짜?! 잠깐만, 무슨 소리야! 제대로 설명해 달라고!"

　흐트러진 앨링험이 벤델의 팔에 매달렸다. 벤델은 지긋지긋하다는 표정으로 살며시 앨링험의 몸을 밀어냈다. 뭘 알콩달콩하는 거야, 저 녀석들. 자자, 에이다. 너를 얕보니까 저러는 거라고—? 좀 더 확실히 겁을 먹게 만들어야지.

　"어차피 처음부터 그런 거라고 생각했어. 내가 가짜라는 걸 알아차리지 못했을 리가 없잖아? 대마도사인데? 정말이지, 날 어지간히도 얕봤군."

　껄껄 웃는 벤델을 보고 나는 그리운 기분에 빠졌다. 그래그래, 이 녀석은 이런 남자다. 대화 곳곳에 자기가 굉장하다는 어필을 섞어대는 버릇까지 변함이 없었다. 너무나도 그 모습 그대로라서 웃겼다.

　"됐으니까 빨리 죽여! 애당초 네 탓이야! 처음부터 가짜라는 걸 알면서도 마음대로 하게 놔두었다고 한다면! 책략이 있다는 이야기겠지?! 제대로 책임을 져!"

앨링험이 잔뜩 겁먹으며 벤델에게 매달렸다.

"그래그래, 알았으니까 떠들지 마. 게다가 나는 꽤나 즐거웠으니까."

"히죽히죽거릴 때가 아니잖아! 이 녀석, 우리를 죽일 생각이니까!"

"그게 뭐? 이딴 녀석, 나 혼자서 간단히 죽일 수 있어. 진짜라면 그렇지도 않겠지만, 이 녀석은 어쨌든 가짜 라울이니까."

벤델이 주절주절 이야기하는 동안에 나는 에이다에게 공격 주문을 가르쳐 줬다.

『좋아. 벤델을 향해 손바닥을 내밀고 바로 영창하는 거야.』

에이다는 힘주어 고개를 끄덕이더니 내 명령에 따라 최상급 마법을 날렸다.

하하! 좋네!

벤델은 미소를 얼굴에 띤 채로, 어떻게든 아슬아슬하게 회피했다. 벤델이 피한 탓에 대신 말려든 부하들의 목이 날아갔다. 하지만 이미 그 정도로 소동이 벌어지지는 않았다. 앨링험은 갸악갸악 떠들어 댔지만.

에이다에게는 익숙하지 않은 마법이고, 나도 맞을 거라고 생각하지는 않았다. 그보다도, 이런 마법 정도로 죽어서야 곤란하다.

"잠깐만. 지금 마법은 어떻게 된 거야?!"

계속 비명을 지르는 앨링험을 밀어내고 벤델이 한 걸음 앞으로 나왔다. 역시나 비웃을 여유는 사라진 듯했다.

"너, 그런 마력을 가지고 있지는 않았을 텐데……! 이런 공격 마법을 날리다니, 마치 진짜――."

『좋――아, 에이다. 우리 정체를 가르쳐 주지 않겠어?』

에이다는 시선을 슥 들더니 의기양양한 표정으로, 벤델이 무엇보다 두려워할 대사를 말했다.

"그래. 가짜가 아냐. 네 눈앞에 있는 건, 진짜 용사 라울이야."

"진짜 라울이라고?! 그, 그럴 리가······."

그때까지 자신감이 가득한 태도로 당당하던 벤델이 별안간 초조해하기 시작했다. 사람은 당황하면 꼴사나워지는구나.

"내가 복수를 하러 돌아다니는 것 정도는 알잖아? 너한테도 반드시 올 거라는 사실을 알았을 거 아냐."

내가 한 걸음 앞으로 내디디자 벤델이 조용히 자세를 잡았다. 경계하는 시선과 눈이 마주쳤다. 벤델의 얼굴을 보고 있으니 자연스럽게 맥콜리 마을에서 벌어진 참극의 기억이 되살아났다──.

──마왕을 토벌한 뒤, 반드시 만나러 오겠다.

맥콜리 마을의 소년과 그렇게 약속을 나누었기에, 모든 것이 정리된 뒤에는 가장 먼저 그 마을을 방문했었다.

사실 당시의 나는 국왕이나 동료들로부터 조용히 모습을 감춘 상태였다. 공주한테서 '포상을 주고 싶다' '만나서 이야기를 듣고 싶다' 같은 편지가 누차 전달되었지만, 답변할 기분이 들지 않았다. 그 무렵에는 아직 순수했으니까, 마왕을 토벌할 때에 이런저런 일들이 마음에 걸렸다. 도저히 마왕의 죽음에 대해서 득의

양양하게 이야기할 수 있는 기분이 아니었다.

다만 맥콜리 마을의 꼬마들과 나눈 약속만큼은 어기고 싶지 않았다. 나는 맥콜리 마을이 좋았다. 작고 소박한 마을과 그곳에서 사는 온화하고 다정한 사람들은 우리를 따듯하게 맞이하여, 지금은 이제 없는 고향을 떠올리게 해주었다. 게다가 아이들은 우리가 머무르는 동안, 항상 우릴 진짜 형처럼 여기며 따라다녔다. 아이들의 형들은 소년병으로 마을에서 나갔으니까 틀림없이 외로웠을 테지. 자연스럽게 정이 샘솟았다.

그런 특별한 애착이 있는 맥콜리 마을. 하지만 다시 방문한 마을에서 내가 본 것은 전장과 무엇 하나 다르지 않은 지옥도였다. 배에 구멍이 뚫리고 장기가 끄집어내진 아이들. 잔뜩 능욕당하고 걸레처럼 버려진 여자들의 시체. 남자는 다들 갈가리 찢겨서 고깃덩어리로 변해 있었다.

"세, 상에…… 어째서…….."

눈앞의 광경을 간단히 받아들이지는 못하고 그저 망연자실하게 서 있었다. 맹렬한 기시감에 사로잡혀 시야가 캄캄해졌다. 황급히 눈을 비볐다. 저도 모르게 호흡이 거칠어져 목에서 공기가 새어나오는 것 같은 소리가 났다. 뺨이 잔뜩 굳어졌다.

알고 있나? 인간은 믿고 싶지 않은 현실과 직면했을 때, 우선 처음으로 웃게 되는 법이거든. 이런 건 거짓말이다, 그렇지, 신이시여? 그렇게 있는지도 알 수 없는 존재에게 알랑거리기 위해서 말이다.

나는 기분 나쁜 웃음을 띠고 부들부들 떨며 마을 안을 어슬렁거렸다. 아직 구할 수 있는 생명이 있을지도 모른다고 생각했던 것이다. 그런 바람도 친하게 지냈던 소년이 배에 커다란 구멍이 뚫려서 숨이 끊어진 모습을 발견한 순간, 박살났지만.

"아아, 젠장……. ……어째서 이런 일이……!"

소년의 유해 앞에서 무릎을 꿇고 작은 몸을 안아들었다. 눈물샘이 고장난듯 소년 위에 뚝뚝 눈물이 떨어졌다. 그때, 그의 복부에 뚫린 구멍이 마법 공격에 따른 것이 아님을 깨달았다.

소년의 배는 날이 잘 선 나이프로 갈려서 벌어진 것이었다. 게다가 내장을 모두 도려냈다.

"어떻게 된 거야……."

소년의 몸을 조심스럽게 눕히고 다른 마을 사람들도 둘러봤다. 젊은 여자나 아이들, 뚱뚱한 남자의 배에서는 모두 예외 없이 내장이 사라진 상태였다. 이제까지 몇 번이나 불태워진 마을을 봤다. 그때마다 고향 마을에서 벌어진 일을 떠올릴 수밖에 없었지만, 이번에는 그저 비슷한 것만이 아니었다.

"우리 마을에서 벌어진 일과 완전히 똑같아……."

영문을 알 수 없었다. 우리 고향은 마왕이 보낸 몬스터에게 습격을 당해서 전멸했다고 들었다. 하지만 마왕을 쓰러뜨리고 마족을 완전히 제압한 지금, 그때처럼 몬스터를 보내다니 불가능했다.

"그렇다면 이건 대체 누구 소행이지……?"

아직 살해당한 지 얼마 안 된 시체를 바라보며 나는 곤혹에 빠졌다. 핏기가 싹 가셨다.

──나는 무언가 중대한 실수를 저지른 것이 아닐까?

　그렇게 생각하는 것과 거의 동시에, 마을 저편에서 군화 특유의 발소리가 들렸다. 겹치는 발소리를 듣기에는 상당한 인원수였다. 얼른 검을 뽑고 경계하며 기다렸다. 녹색의 벽 너머에서 나타난 것은 산드라가 이끄는 부대였다.

　"산드라……!"

　왕국군의 원군이 왔나. 검을 내리고 달려가려던 참에, 부대가 마을의 아이들을 데리고 있다는 사실을 깨달았다. 아이들은 창백한 얼굴로 잔뜩 겁을 먹은 표정이었다.

　"아이들을 보호해 줬구나!"

　불행 중의 다행이다. 그리 생각했지만──.

　"이봐, 데려와라."

　엄한 표정의 산드라가 그리 소리 높이자 그녀의 부하가 벤델을 연행하여 나타났다. 족쇄를 찬 벤델은 몸이 떠밀려 우리 앞으로 굴러 나왔다.

　"벤델?! 무슨 일이야?!"

　"찾았습니다, 라울 경. 곤란하네요. 마왕을 쓰러뜨렸다고 멋대로 사라지다니. 몇 번이나 호출하는 서간을 보냈는데 응하지 않다니 이 어찌나 불경한──."

　"내 질문에 대답해줘!"

　그 말을 가로막고 내가 묻자 산드라는 허리춤에 손을 대고 고개를 절레절레 가로저었다.

　"대마도사 경이 붙잡힌 것은 당신의 공범이라는 의혹이 있기 때문입니다."

"……공범? 무슨 소리야?"

미간에 주름을 지른 산드라가 더러운 것을 보는 듯한 눈빛으로 나를 봤다. 그리고 배후의 마을로 슥 시선을 향했다. 자연스럽게 그녀의 시선을 쫓던 나는 그때 퍼뜩 숨을 삼켰다.

"잠깐만! 설마 내가 맥콜리 마을을 습격했다고 생각하고 있는 건가?!"

"죽은 지 얼마 안 된 자들 뿐이었습니다. 이만한 흉행을, 얼마 안 되는 시간 만에 저지를 수 있는 것은 막대한 마력을 지닌 자 뿐입니다."

"그렇다고 내가 그런 짓을 저지를 리가 없잖아?! 힘을 얼마나 지녔든 관계없어. 이런 잔혹한 일, 사람이 할 짓이 아니야!"

"주장하고 싶은 것은 모두 공주 전하의 앞에서 말씀해 주십시오. ──붙잡아라."

황급히 검을 뽑고 살짝 뒤로 물러났다.

"이러고 있을 때가 아니야. 범인은 아직 근처에 있을 테지. 나한테 찾게 해줘!"

"신중하게 포위하세요. 저자는 마왕을 쓰러뜨린 남자, 방심하면 우리가 당합니다."

"그만둬. 그 이상 접근하면…… 너희들과 교전을 벌여서라도, 나는 여길 돌파하겠어."

이때 내 머릿속은 진짜 범인을 찾아내야만 한다는 생각으로 가득했다. 언동, 정의감, 행동 때문에 자신이 점점 내몰리고 있다는 사실도 전혀 깨닫지 못했다.

산드라는 완전히 오해하고 있다, 그리 생각했다. 범인이 내가 아니라는 사실을 나는 알고 있었으니까. 금방 누명도 풀 수 있다고 믿은 것이었다.

"교전이라니! 상황을 전혀 이해하지 못하고 있군요. 이자가 어떻게 되어도 상관없다는 겁니까?"

산드라는 그리 말하더니 벤델의 배를 걷어찼다.

"크으으……윽!"

쓰러진 벤델이 피를 크게 토했다.

"그, 그만해!"

말리려는 내 눈앞에서 산드라는 벤델의 목에 단검을 들이댔다.

"움직이지 마십시오."

"……윽."

산드라 본인도 상당히 높은 전투력을 지니고 있기에 아이들이 다치지 않도록 공격 마법으로 검만 튕겨내기는 어려웠다.

상대의 움직임을 봉인하는 마법은 모두 어둠 마법에 속한다. 당시의 나는 어둠 마법의 능력을 성녀에게 봉인당했기에 그런 방법으로 산드라 일당에게 대항하는 것은 불가능했다.

"미안해, 라울……. 내가 실수를 저지른 탓에……!"

"벤델, 마법은?! 마법을 써서 저항할 수는 없나?!"

벤델은 대마도사라고 불릴 정도의 능력자. 구속되었을지라도 충분히 싸울 수 있다. 하지만 그는 내 말에 분하다는 듯 고개를 가로저었다.

"그게, 안 돼……. 이 녀석들한테 마법을 봉인당했어……."

"큭……!"

그건 그랬다. 당연히 내가 말을 꺼내기 전에 이미 시험해봤을 터. 벤델이 붙잡혀 있는 것은 저항이 헛되이 끝났기 때문임이 틀림없다. 하지만 어떻게 벤델 수준의 마도사를 구속했지…….

"동료를 지키지 않아도 되는 건가? 너는 『구세의 용사』잖아. 구해주면 돼. ──자, 검을 넘겨라."

산드라가 도발하는 것 같은 표정으로 나를 향해 손을 내밀었다. 나는 그 말에 저항하지 않고 유일무이한 친구라고 생각하는 벤델을 위해, 검을 건네려고 했다.

"그만해, 라울! 나는 괜찮으니까, 너만이라도 도망쳐!"

"그럴 수 있을 리가 없잖아……!"

용사 파티가 결성된 뒤로 이제까지 계속, 벤델은 누구보다도 마음을 허락한 존재였다. 힘겹고 긴 여행 가운데, 이 녀석과 바보 같은 이야기를 나눌 수가 있어서 얼마나 구원을 받았는지 모른다.

천재적인 재능을 가진 마도사 후보로서 어릴 적부터 왕궁에 맡겨진 벤델은 행동 하나하나가 세련되어 마치 귀족처럼 행동했다. 시골뜨기인 내게는 그것이 무척 당당하게 보여서, 만난 순간부터 동경에 가까운 감정을 품었다. 그런 그가 사실은 상당히 싹싹한 남자이고, 게다가 상당한 대식가라는 사실을 알게 된 것은 그로부터 얼마 안 되었을 때였다. 새로운 마을을 방문할 때마다 맛있는 것을 찾으러 가자고 권유하며 나를 산책에 끌고

다녔다. 덕분에 얼마나 많은 추억이 생겼던가.

우리는 여행 도중에 다양한 이야기를 나누었다. 앞으로의 일이나 가족에 대한 생각, 서로가 품은 희망에 대해서. 그리고 그날 밤의 일도──. 그것은 마왕성으로의 진군을 앞둔 전날의 일로, 나와 벤델은 별을 바라보며 단 둘이서 이야기를 나누었다.

『그 소년병들은 전장에서 무사히 지내고 있을까.』

『라울은 그 녀석들을 정말로 귀여워하는구나.』

『그러게──. 동생이 생긴 것 같아서 그냥 둘 수가 없더라고. 누나 아이도 성장하면 그런 느낌이 될까.』

『클레어 씨 아이가 태어나는 건 다음 달이었던가.』

『그래. 누나가 결혼해서 매형이 생기고 조카가 태어난다…….어쩐지 꿈만 같아. 이런 식으로 가족이 늘어나다니. 나는 계속 누나랑 단둘이었으니까 말이지.』

내가 그렇게 말하자 벤델은 흉계를 털어놓을 때 같은 느낌으로 난폭하게 어깨동무를 했다.

『이것참, 그냥 넘어갈 수가 없겠는데! 우리도 가족 같은 존재잖아?』

『벤델…….』

『야야, 답답한 소리 말고.』

머리카락을 마구 휘젓자 그만 웃음이 터졌다.

『있잖아, 라울. 마왕을 반드시 쓰러뜨리자.』

『그래! 물론이야!』

이제껏 동고동락한 동료를 버릴 수는 없다. 그때의 나는 진심으로 그렇게 생각했다.

정말이지, 과거의 나는 이렇게나 부끄럽고, 멍청한 일화뿐이니까 싫단 말이지. 감쪽같이 속아서 무대로 올라가고, 준비된 대본대로 춤췄다. 진실은 전혀 모르는 채로. 이 얼마나 얼간이인지. ……지나서 후회해 봐야 시간은 돌이킬 수 없지만.

자, 이야기를 되돌리자. 내가 검을 놓지 않는 것에 짜증이 났는지 산드라는 다음 작전으로 나섰다. 옆에 거느린 마법 기사에게 명령하자 금세 그 녀석은 주문을 영창했다. 그 직후, 산드라 주위에 있던 아이들이 천천히 움직이기 시작했다.

"으아―앙, 아―앙, 몸이 멋대로 움직여……!"

"무서워, 무서워……! 라울 형, 살려줘……!"

"너희들……!"

아이들이 조종당한다는 사실은 금세 알 수 있었다. 그들의 작은 손에는 세상에나, 단검이 들려 있었다.

"저, 어떻게 하시겠습니까, 용사? 아이들에게는 서로를 죽이도록 암시 마법이 걸려 있습니다. 제가 한 번 더 손가락을 튕기면, 가련한 아이들의 피가 흐를 겁니다. 당신이 항복하지 않는 한, 해제하지 않겠습니다."

대체 무슨 소리냐. 그들에게 아이들은 보호할 대상이었을 텐데, 이래서는 나를 붙잡기 위한 도구 취급이었다. 생각하고 싶지 않은 결론이 떠올라서 오싹해졌다.

"설마…… 마을을 습격한 건 너희였나?!"

내 질문에 산드라는 긍정도 부정도 않고 그저 판단을 재촉했다.

"자. 어떻게 하실 겁니까?"

"……알았다. 항복하지."

망설일 틈은 없었다. 이번에야말로 정말로 검을 버리자 산드라는 무표정 그대로 나를 바라봤다.

"그렇게 간단히 결론을 내려서는 곤란합니다. 이 전개로는 그분을 만족시킬 수 없으니."

"무슨 소리야……?"

산드라는 내 질문을 무시한 채, 손가락을 딱 튕겼다.

"뭐야?!"

죽이라는 신호를 받은 순간, 아이들은 붙잡은 단검으로 서로의 몸을 찌르기 시작했다.

"히기……익."

"커허, 억…….."

부상당한 아이들이 입에서 피거품을 뿜었다.

"싫어! 싫어! 찌르고 싶지 않아! 아아아!"

울부짖으며, 쓰러진 아이 위에 올라탄 소년이 몇 번이고 단검을 찔렀다. 나는 핏기가 가시는 것을 느끼며 절규했다.

"그만해! 제발 그만해! 따르겠다고 했잖아! 부탁이니까……!"

"괜찮겠죠. 그럼 이건 그만하세요."

마법 기사를 향해 산드라가 고개를 끄덕이자 아이들은 풀썩풀썩 땅바닥에 쓰러졌다. 저런 출혈량으로는 살 수 없을지도 모른다. 그렇게 생각하면서도 나는 매달렸다.

"산드라! 아이들을 치료해줘!"

"용사를 붙잡는 겁니다."

"젠장……!"

몇 명은 이미 움직이지 않았다. 살아있는 아이들도 빈껍데기처럼 피에 물든 단검을 붙잡고 있었다.

아이들이 어떻게 되었는지도 모르는 채, 나는 왕도로 이송되어 감독에서의 나날을 강요당하게 되었다. 빅토리아 곁으로 끌려가고 그녀의 입으로 내게 학살의 죄를 떠넘기기 위해, 맥콜리 마을의 사람들을 죽였다는 말을 들었을 때까지도, 나는 벤델의 배신을 깨닫지 못했다.

나는 성의 감옥에 유폐되어 무기를 빼앗기고, 마법을 쓸 수 없도록 몇 겹이나 되는 주술로 봉인을 당했다. 동료를 지키기 위해서 저항은 할 수 없다는 생각으로 그 봉인을 스스로 받아들였다.

완전히 빈손인 상태로 어두운 감옥 안에 있으니 비참하게 살해당한 누나나 맥콜리 마을의 사람들이 떠올라서 눈물이 멈추지 않았다. 아직 이 시점에서는, 나는 아슬아슬하게 정상이었다. 빅토리아를 원망하는 심정보다도 다른 동료들을 걱정하는 마음이 강했기 때문이다. 아— 웃기네. 벤델이나 크리스티아나, 나를 도와준 용병들은 괜찮을까? 진심으로 그딴 생각을 하다니.

빅토리아는 매일, 몇 번이고 감옥을 찾아왔다. 히스테릭하게 나를 채찍으로 때리고 하이힐로 사타구니를 짓밟는가 싶더니,

다음으로 나타났을 때에는 간사한 목소리로 다가와서 내 위에 올라타기도 했다. 이 공주가 맥콜리 마을을 습격하도록 명령한 것이었다. 그렇게 생각해서 내가 빅토리아를 노려보자 그녀는 그것이 몹시 마음에 들지 않는 모양이었다. 이를 갈며 화냈다.

"누나가 죽었는데도 정신이 붕괴하지 않는다니 어떻게 된 거야? 그 여자 안에서 끄집어낸 태아를 바싹 말려서 이 감옥 안에 장식해 줄까?"

"……이 이상, 내 소중한 사람들을 유린해봐. 어떤 수단을 써서라도 너를 죽여버리겠어."

"바보구나, 라울. 나는 당신과 목숨을 걸고서 싸우고 싶은 게 아니라고. 빨리 내게 몸도 마음도 바치면 될 것을."

"……."

"뭐, 이것저것 시험할 시간은 잔뜩 있겠지. 많은 것들을 같이 즐기자고, 라울."

"뭐라고……?"

빅토리아는 몹시 들뜬 모습으로 드높이 손뼉을 쳤다. 그 신호에 맞추어 어둠 너머의 기척이 움직였다. 또 다른 누군가가 이 감옥으로 이어지는 나선계단을 내려온 모양이었다. 그곳에 서 있던 것은 묘하게 말끔한 모습인 벤델이었다.

"……! 벤델! 너, 무사했나!"

벤델의 얼굴을 보고 진심으로 안도한 나는, 한순간 모든 것을 잊고 철창 앞까지 달려갔다. 시선이 마주친 벤델은, 하지만 씁쓸하게 표정을 일그러뜨리고 꾸벅 머리를 숙였다.

"잠시 둘만의 시간을 줄게."

빅토리아는 기분 나쁠 만큼 다정한 목소리로 그리 말하더니 드레스 옷자락을 휘날리며 떠났다. 저 여자답지 않다고 생각했다. 하지만 벤델의 존재에 정신이 팔려 있던 나는 그런 걸 신경 쓸 겨를이 없었다. 빅토리아가 완전히 모습을 감출 때까지, 벤델은 꿈쩍도 않고서 계속 머리를 숙이고 있었다.

"미안해. 라울……. 나 때문에 이런 꼴이……."

"그런 건 됐어! 너는 괜찮아? 지독한 짓을 당하지는 않았어?!"

보아하니 벤델에게 부상은 없는 듯했다. 내게는 그것이 구원이었다.

빅토리아는 무엇을 할지 알 수 없다. 내 소중한 사람에게 얼마든지 고통을 줘도 이상하지 않았다. 누나 때처럼. 나는 그런 식으로 생각하며 벤델에게 상황을 물었다.

"사실 빅토리아에게 협박당하고 있어. 라울을 설득하면 살려주겠다고."

"설득?"

"라울. 네가 빅토리아 공주의 하인이 된다면 우리는 풀어주겠다고 해."

"어떻게 그런……."

나는 말을 잃었다.

"빅토리아의 바람은 정말로 그런 거야? 고작 그것만을 위해, 누나나 마을 사람들한테 그런 지독한 짓을 저질렀다고……."

나는 빅토리아가 진심으로 미워서 피가 나올 만큼 입술을 깨물었다. 그 여자의 존재 자체가 용납되지 않았다.

"……부탁이야, 라울. 공주의 노예가 되어줘……."

머리를 숙이고 어깨를 늘어뜨린 벤델은 야윈 얼굴로 그렇게 부탁했다. 눈동자는 시종일관 불안스럽게 흔들리고 약간의 소음에도 부르르 떨었다.

"벤델, 겁먹지 마. 괜찮아. 그런 일 정도로 모두가 살 수 있다면, 나는 기꺼이 굴복할게. 그러니까――."

안심해. 그렇게 말하려던 참에, 갑자기 벤델이 번쩍 고개를 들었다.

"이것 참. 그만 좀 하라고, 라울."

갑자기 태도가 돌변한 벤델은 지긋지긋하다는 태도로 나를 노려봤다.

"너, 진짜로 그렇게까지 해주는 거냐."

"벤델?"

"정말로 바보구나! 그러니까 속았는데도! 너는 세계 최강의 용사가 아니라, 세계 최강의 멍청이라고!"

벤델은 그리 외치더니 배를 붙잡고 깔깔 웃기 시작했다.

"무, 무슨 소리야?"

"그―러―니―까―, 전부 거짓말! 당연히 거짓말이지!"

"거짓말? 거짓말이라는 대체 뭐야……."

"애당초 뭐냐고, 너. 내가 기사 따위한테 진심으로 붙잡힐 거라고 생각했어? 얼빠진 너도 아닌데, 내 능력을 너무 과소평가하다니 화날 정도야."

벤델이 무슨 소리를 하는지 정말로 알 수가 없어서, 나는 떡하니 입을 벌린 채로 굳어버렸다.

"저 공주는 자기 개가 되기만 하면 진심으로 안 죽이고 너를 기를 생각이야. 그럼 재미없거든. 그러니까 여기서는 네가 단호히 거부해야지."

"벤델…… 너, 무슨……."

"나는 네가 죽었으면 해. 너, 계—속 거슬렸다고."

벤델은 히죽히죽 웃으며 감옥 안의 나를 노려봤다.

"애당초 빅토리아 전하는 너무 모른다고. 네 누나는 마지막으로 죽여야 되잖아? 좀 더 말하면 갓난아기가 태어나는 걸 기다려서 그 아기, 누나의 순서야. 네가 시키는 대로 움직이도록 만들 결정적인 패를 처음에 버리다니, 머리가 있는 건지."

"……거짓말, 이지……?"

"너 자신에게 고통을 줘봐야, 너한테는 안 통해. 그러니까 소중한 사람을 쓸 수밖에 없거든. 안 그래도 우리 동료가 전원 배신했다는 사실을 깨달은 시점에서, 그렇게 사용할 수 있는 말은 확 줄어드니까."

"……읔. ……누가 누구를 배신했다고……?"

벤델은 양손으로 철창을 붙잡더니 핏발선 눈을 부릅떴다.

"우리가ㅡ! 너를ㅡ! 배신했다고ㅡ! 나도 크리스티아나도 장군도 산드라도 병사들도 전———부!"

"……!"

"네 강함은 너무 위험해. 나 같은 배신자는 네가 살아있는 이상, 안심하고 잠들 수 없어. 그러니까 죽어줬으면 좋겠어."

"그, 그럴 수가……. 빅토리아에게 협박당하고 있어……? 저기, 벤델……. 거짓말이라고 말해줘……!"

"아니, 냉큼 믿어달라고. 이야기가 진행되질 않으니까. 아, 참고로 우리는 왕궁 안에 저택을 받아서, 엄청 편하게 살고 있어."

웃음소리가 깔깔, 감옥 안에 울렸다.

너무도 혼란스러운 탓인지 아까부터 머리가 깨질 듯이 아팠다.

"그래 그래. 너희 누나가 평소 있는 장소도 내가 털어놨거든."

"뭐……. 네, 네가…… 누나를……? 어째서……. 이 상황에서 누나가 있는 장소를 이야기하면 어떤 꼴을 당할지 정도는……."

"정말로 머리 나쁘네―, 너는! 당연히 그걸 기대하고 가르쳐 줬는데!"

벤델의 말에 나는 머리가 새하얘졌다.

"누나랑 뱃속의 아이가 죽으면 네 정신도 너덜너덜해질 거라고 생각했어. 고통스러워하는 널 보면, 이제까지 너 때문에 잔뜩 시달렸던 내 마음도 상쾌해져. 그런데 너, 아직 대화가 가능한 정신 상태라니 뭐냐고? 그만큼 시스콤 어필을 해놓고, 사실은 연기였나?"

"벤델…… 네가 누나를……."

"애당초 네 누나한테도 화가 났거든. 기껏 내가 찍어줬는데 슬쩍 거부하더니, 끝내는 그딴 재미도 없는 장인 따위랑 결혼해대고!"

벤델이 누나를 마음에 들어 했다는 사실은 짐작하고 있었다.

그렇기에 누나의 결혼을 축하해 주는 이 녀석을 보고 정말로 좋은 녀석이라고 감동했는데.

"그 배때기를 봤더니 단번에 식어버렸지만."

짐승 같은 목소리가 흘러나올 뻔해서 필사적으로 입술을 깨물었다. 입 안으로 피 맛이 퍼졌다.

"어째서……. ……너는 날 그렇게나 증오하는 거야……?"

가까스로 목소리를 짜내자 벤델은 혐오감을 훤히 드러내고 침을 뱉었다.

"증오라고? 허. 그만 좀 해. 그런 시답잖은 감정으로 자기 인생의 중요한 선택을 할 리가 없잖아."

"그럼 어째서……."

"마왕이 죽었거든. 마왕 토벌을 위해서 육성된 우리한테는 이제 아무런 가치도 없어. 너한테도 나한테도. 그렇다면 다음 직업을 찾는 건 당연하잖아? 나는 이 나라에서 가장 권력자인 공주님의 직속 마도사가 되는 길을 선택했어. 그것뿐이야."

"……."

절망한 나머지, 눈앞이 흐려졌다. 이 녀석은 정말로 벤델인가? 내 소중한 동료였던 남자인가? 빅토리아가 보여주는 환각일지도 모른다. 그리 믿고 싶었다. 하지만 내게는 안타깝게도 환각이 통하지 않는다.

게다가 벤델은 세뇌 마법 종류에 내성이 있었다. 다시 말해 눈앞에 있는 벤델은 진짜 그이고 본인의 의지 그대로 말을 잇는 것이었다.

"너를 동료라고 생각한 적은 한 번도 없어. 너는 내게 단순한 파티 멤버── 아니, 발판이야."

산드라에게 붙잡힌 아이들. 그 녀석들은 조종하던 마법도 벤델이 걸었다고, 본인이 즐겁게 이야기해줬다.

"크리스티아나도 너랑 같은 의견인가……?"

"그만해. 그녀는 나 같은 속물과는 달라. 내일은 그녀가 방문할 차례야. 그때 감사히 설법을 듣도록 해."

"어, 어떻게……."

"배신당한 표정이네. 하지만 나는 처음부터 네가 싫었다고! 애당초 내 흉내만 대고!"

"흉내……? 아니야. 딱히 널 흉내 낸 게……."

"그렇다고 해도 지긋지긋하다고! 너 때문에 내가 눈에 띄지 않잖아! 항상 네가 나보다 활약하지. 진절머리가 나……!"

벤델은 일어서서 내게 등을 돌렸다.

"그럼 잘 있으라고, 라울. 빅토리아 공주한테도『네 개가 될 정도라면 처형당하는 게 낫다』라고 했다고, 전해둘게."

배신당한 내 무참한 통곡은 벤델이 떠난 뒤에도 감옥 안에 계속 울려 퍼졌다──.

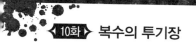

◀10화▶ 복수의 투기장

　"네가 진짜 라울이면 분명 나를 죽이지 않을 거야. 그렇지?"

　그리운 추억에 잠겨 있던 나는 벤델의 목소리에 현실로 되돌아왔다.

　벤델은 언제까지고 나를 가짜 취급한 빅토리아 따위와는 달리, 상당히 시원스럽게 내가 진짜임을 받아들인 모양이었다. 그리고 그렇게 하여 마음의 여유를 되찾은 듯했다. 히죽거리면서 세상에나, 내 앞까지 걸어왔다. 이런 모습도 실로 벤델다웠다.

　『있잖아, 에이다. 지금 벤델에 대한 대처는 나한테 맡겨줄래?』

　"하지만 너는 저 녀석을 죽일 수 없는 게……."

　『그러니까 생각이 있어.』

　"생각? 알겠어. 네 힘을 가장 잔학하게 다룰 수 있는 건 널 테니까. 그 대신에 미적지근한 짓을 하면 용서하지 않을 거야."

　『그럼 어느 쪽이 잔혹한 복수를 할 수 있을지 나하고 승부해볼래?』

　나는 에이다와 교대해서 몸의 제어권을 되찾았다. 그런 나를 보고 벤델은 의아한 듯 미간을 찌푸렸다.

　"이봐, 뭘 중얼중얼하고 있어."

　"딱히─. 그래서 뭐였더라. 내가 너를 죽이지는 않는다고?"

　"그래. 네 복수 이야기는 모두 들었어. 규칙에 따라서 복수하러 돌아다니는 거겠지?"

"뭐, 그렇지."

벤델은 홋, 웃고는 오른손을 허리에 댔다.

"나는 너를 자—알 알아. 너는 규칙에 반하는 짓을 하는 걸 싫어해. 그렇지?"

그 말 그대로였기에 나는 싱긋 웃으며 고개를 끄덕여 답했다.

아니, 잠깐만. 지금 역시도 우리는 똑같은 방식으로 웃고 있잖아. 한 방 먹었다는 기분이 들어 더더욱 웃겼다.

"라울. 나는 확실히 널 배신했어. 나 때문에 너는 붙잡히고, 끝내는 처형당하게 되었지. 하지만 너를 죽인 건 내가 아냐."

"그래. 그러네."

"명령한 건 그 맛이 간 공주고, 너를 고문한 건 병사랑 여기사야. 나는 너랑 네 소중한 사람의 목숨을 빼앗지 않았어. 그저 살짝 배신했을 뿐. 그렇지?"

"그래, 맞아."

"뭐야! 그렇다면 너는 날 죽이지 않아, 아니, 죽이지 못하네?"

"뭐, 그렇게 되겠네."

내가 대답하자 벤델의 얼굴에 기쁨의 감정이 퍼졌다.

"으, 하, 하하하하하하! 좋아! 만세! 나는 안 죽어! 나는 살았어! 하하하하하!"

아—아—, 잔뜩 웃다니, 기쁜 모양이네. 일어선 벤델이 전이 마법을 발동시키려고 했기에 나는 곧바로 그 마법을 없앴다.

"이런. 그렇게 서둘러서 사라질 건 없잖아? 기껏 쇼가 시작됐는데. 너도 즐겨달라고."

"쇼라고……?"

나는 평소처럼 손가락을 튕겨 어둠 마법을 발동시켰다. 공간이 확 일그러지고 점점 다른 풍경으로 바뀌었다. 불과 몇 초 만에, 그저 널찍하기만 했던 방이 원형 투기장으로 모습을 바꾸었다. 좋아, 잘 만들어졌다. 손뼉을 짝짝 치며 돌아보니 어리둥절한 벤델이 연신 눈을 끔뻑이고 있었다.

"이건 뭐야……. 왕도의 투기장이잖아."

절구 모양의 건물에 만들어진 관객석을 둘러보고 벤델이 중얼거렸다. 관객석에 앉게 된 마족들도 당황한 표정으로 술렁거렸다.

"대체 뭘 한 거야?!"

"말했잖아. 쇼를 벌인다고. 하지만 아까 그 방은 너무 좁아서, 모인 관객 전원이 참가할 수는 없으니까. 왕도의 경기장을 재현한 마공간으로 모두를 한꺼번에 이동시켰지."

관객석을 메운 마족들이나 세세한 부분까지 재현된 투기장을 보고 벤델은 말을 잃었다. 자신이 어설프게 마법을 사용하는 만큼, 내가 한 일에 대한 놀라움은 남들보다 크겠지.

"이게 어둠 마법의 힘인가."

"자, 내 맹우여. 너는 특등석에서 관람해야겠어."

나는 벤델을 마법으로 조종해서는 강제적으로 국왕용 자리에 앉혔다.

"이건……!"

"그립지? 몸의 자유를 빼앗고 조종하는 마법이야. 네가 고용한 어둠 마법사가 맥콜리 마을의 아이들한테 사용한 녀석이지.”

“큭……, 뭘 할 생각이야!”

바보구나. 그걸 말해버리면 시시하잖아.

“글쎄, 나는 배우로서 무대에 섰어. 너희가 끌어 올려준 무대 위에서, 나는 지금도 계속 어릿광대 노릇을 하고 있지.”

나는 히죽 웃었다.

“마음껏 즐겨달라고?”

훌쩍 뛰어서 투기장 중앙에 내려섰다. 그리고 볼썽사납게 떨고 있는 앨링험과 마주섰다.

“부, 부부부부탁해, 살려줘! 도, 돈이라면 얼마든지 줄게! 전 재산을……!”

“너희 부자들은 무슨 일이 있으면 금세 그러더라. 복수를 시작했을 무렵, 마찬가지로 비열한 신관이 엎드려 빌며 비슷한 소리를 했지. 그 녀석이 어떻게 되었는지 알고 싶어?”

앨링험은 바들바들 떨며 고개를 가로저었다. 뭐야, 들으라고.

“사실은 알고 싶지? ──그게 말이지. 물고문으로 죽인 뒤, 불을 질러서 교회까지 통째로 태워줬어.”

“히이이이익.”

“하지만 안타깝게도 나는 너도 죽일 수 없어. 너한테 직접 피해를 당하지 않았으니까.”

“어……?”

“아까 벤델이 그랬잖아. 당한 것만 되갚아 주는 규칙이야. 너는 돈벌이에 귀족의 뒷배를 원해서 다 코스타 경의 연구 시설에 상당한 금액을 투자했지. 확실히 그 결과로 내 동료들이 인체 실험의 도구가 되기는 했지만, 네가 직접 손을 쓴 건 아니야."

"그그그그그렇지?! 그래! 그래…… 그래…… 하하……."

앨링험은 안도한 듯 가슴을 쓸어내렸다. 아니아니. 이 상황에서 어떻게 희망을 가지는데?

"그러니까 나는 다른 사람한테 네 복수를 맡기기로 했어."

"헤?"

"여기, 네게 복수하고 싶은 녀석들이 이렇게나 모여 있거든."

나는 귀엽게 고개를 갸웃거린 뒤, 턱으로 관객석을 가리켰다.

"나는 특등석에서 네가 괴로워하는 모습을 즐기도록 할게."

그렇게 고하고 눈을 감았다.

『다음은 네 턴이야, 에이다. 마음껏 날뛰어 버려.』

"그래, 고마워."

안 됐구나, 앨링험. 이 여자, 나 같은 것보다 훨씬 더 널 증오한다고.

앨링험은 잔뜩 겁먹고 있었다. 이런 상황에서 태연하게 있을 만큼 간이 큰 녀석이 아니니까 당연한가.

"위병……! 위병, 젠장! 정말 하나도 남아있지 않은 거야?! 벤델은 어디 있어?! 살려줘!"

"위병은 다들 죽었다고 했지. 벤델은 저기."

벤델이 귀빈석에 앉아 있는 것을 발견하고 앨링험이 아우성쳐 댔다.

"왜 살려주지 않는데?! 나를 배신하는 거냐! 벤데에에에엘!!"

"배신은 저 녀석의 장기라고 들었어. 그런 녀석을 신용한 걸 원망해. 자, 지금부터 너한테는 이 시설로 끌려온 노예들이 당한 일을, 한바탕 맛보여 줄 생각이야."

과연. 재밌는 작전이잖아! 나는 두근두근하며 일이 돌아가는 걸 지켜봤다.

"자신이 저지른 일을 다시 떠올려 봐, 앨링험."

"히이이이이잉 안돼안돼안돼애애애애!"

이성을 잃은 앨링험이 한심한 목소리로 소리를 지르더니 설설 기어서 도망치려고 했다. 그렇게 두진 않는다고. 에이다는 앨링 험의 다리를 붙잡고 다시 잡아당기더니 관객석을 둘러봤다.

"이 녀석한테 복수하는 거, 돕고 싶은 싶은 사람 있어―?"

투기장 안이 적막해졌다. 하지만 그것은 한순간, 마족들은 함성을 지르며 손을 들었다.

"우오오오오, 나야, 나한테 시켜줘!"

"내가 할 거야! 그 녀석은 동생의 원수!"

"흐응, 거의 전원이네? 하지만 너무 많으면 뭘 하는지 보기 어려우니까 교대제로 할게. 우선은 거기랑, 거기, 거기랑 그 옆, 그리고―."

눈에 띈 사람을 가리키며 지명하자 선택된 자는 주먹을 꽉 쥐며 기쁨을 비명을 터뜨렸다. 에이다는 내가 가르쳐 준 마법으로 그 녀석들을 허공에 띄우더니 투기장 안으로 내렸다. 다들 복수심으로 눈에 핏발이 서 있었다. 음음, 좋은 얼굴이야.

"우선 설명을 들어줘. 너희는 이 녀석한테 당한 걸 되갚아 줬으면 해."

"우리가 멋대로 하게 해주지는 않는 건가?"

"멋대로 한다니, 예를 들면 어떻게 하고 싶은데?"

"어, 그, 그건 그게, 때리거나 걷어차거나?"

후우, 한숨을 내쉰 에이다가 제정신이냐는 시선을 던졌다.

"때려? 걷어차? 이 녀석한테는 그보다 훨씬 지독한 짓을 당하지 않았어?"

그 물음을 듣고 떠올랐을 테지.

선택된 마족들의 얼굴이, 분노에 따라 흉악한 방향으로 잔뜩 일그러졌다.

"……그래. 그랬어. 우리 아버지의 눈을 도려내고, 거기에 술을 따랐어……!"

"거봐, 그렇지? 이 녀석한테 당한 걸 되갚아 주는 게 훨씬 상쾌하겠지."

"그래! 그 말이 맞아!"

용맹하게 소리 높이는 마족들을 보고 에이다는 싱긋 웃으며 고개를 끄덕였다.

"그럼 곧바로 시작해 주겠어?"

"알았어, 맡겨줘! ──다들, 우선은 이 녀석을 벗기자고!"

"오─!"

마족들은 그리 소리 높이더니 일제히 앨링험에게 달려들어 옷을 찢어발기기 시작했다. 앨링험의 빈약한 나체가 드러나자 마족들은 그것을 가리키며 깔깔 웃음을 터뜨렸다.

"푸하하하! 이봐, 이 녀석 몸을 보라고!"

"히이이……."

알몸이 된 앨링험이 부끄러운 듯 몸을 가리며 웅크렸다. 하지만 금세 양옆에서 마족들에게 구속당하여 억지로 일으켜 세워졌다. 근육이 전혀 없는 빈약한 팔다리. 그런 것치고 배만큼은 지방을 비축하여 볼록하게 부풀어 있었다. 살덩어리 밑에는 공포에 빠진 나머지 바싹 오그라든 물건이 애처로울 정도로 시들어서는 늘어져 있었다. 얼굴을 새빨갛게 물들인 앨링험이 안짱다리를 만들어 사타구니를 가리려 했다.

"다음은 어떻게 당했지?"

"더러운 마족이라며 물을 끼얹고 온몸이 새빨개질 때까지 난폭하게 씻겼어!"

에이다의 물음에 마족들이 노성으로 답했다.

『에이다, 주문을 가르쳐 줄게. 내가 말하는 대로 영창해.』

"알았어."

내가 가르쳐 준 그대로 에이다가 영창하자 물이 든 양동이가 대량으로 출현했다. 그 옆에는 딱딱한 솔이 인원수만큼 준비되어 있었다. 에이다가 솔을 나누어 주자 자루를 붙잡은 마족들은 원한을 담은 눈빛으로 앨링험을 노려봤다.

"자, 여러분! 이 오물을 마음껏 닦아 줘!"

"오—!!"

"힉…… 그, 그만——아악! 푸헉……. 아, 아파……!"

양동이의 물이 사정없이 뿌려지자 앨링험이 비명을 질렀다. 물론 제지하는 말 따윈 아무도 듣지 않았다. 금세 솔로 난폭하게 피부를 문지르는 소리가 울리기 시작했다.

"아파, 아파……! 그, 그만……! 갸아아악! 차가워…… 차기워, 아파, 아파!"

축 처진 피부는 순식간에 새빨개지고 여기저기서 피가 배어나기 시작했다. 관객석에서는 와아, 환호성이 터졌다.

"좋아! 좀 더, 좀 더!"

"제대로 가르쳐 주는 거야!"

성원이 등을 밀어주는 가운데, 선택된 마족들이 솔을 북북 계속 문질렀다. 자신들이 당한 일을 떠올렸을 테지. 욕설이 늘어나고 그들의 흥분이 고조되었다. 그에 따라 앨링험에게 가하는 폭력도 점점 심해졌다. 안면에 솥을 밀어붙여서 균형을 잃고 넘어진 참에, 자루로 몇 번이고 구타당했다. 잔뜩 폭력을 가하고 마족들의 호흡이 거칠어졌을 무렵, 에이다가 말을 건넸다.

"이 정도일까."

"하파아아…… 하프다고오오오……."

바닥에 엎어진 채로 몸을 둥글게 만 앨링험은 피눈물을 흘리며 부들부들 떨었다. 에이다는 마치 더러운 쓰레기를 보는 듯한 눈빛으로 앨링험을 내려다봤다.

"히이, 히이……익."

잠깐의 휴식을 얻은 앨링험은 필사적으로 숨을 몰아쉬었다. 당연히 이 휴식은 고통을 더욱 증폭시키기 위한 것이었다. 에이다는 앨링험 옆에 무릎을 꿇더니 감로를 따라주듯 속삭였다.

"있지, 아직 끝난 게 아니니까."

앨링험의 어깨가 꿈틀 들썩였다.

"자— 여러분—. 청소가 끝났다면, 다음은 어떻게 하더라—?"

관객석을 향해 에이다가 묻자 지금 구경거리를 기꺼이 지켜보던 마족들이 흥이 난 환호성으로 답했다.

"거세다!"

"거세!"

"거세해라! 거세다!"

갑자기 시작된 거세 콜. 에이다는 손뼉을 짝 치고 '그랬지' 하며 보란 듯이 웃었다. 좋네. 점점 사회자 역할이 익숙해지고 있잖아. 호위를 죽이는 걸 주저하던 무렵과는 크게 달랐다. 간신히 각오를 다졌는지, 아니면 복수에 대한 마족들의 열기에 힘을 얻었는지. 어쨌든 나로서는 에이다의 변화를 환영하고 싶다. 복수는 즐겁기에 하는 것이니까.

"여러분 덕분에 떠올랐어. 고마워. 남자는 전원, 거세당했지."

"히이이이이이이. 그만해……!"

앨링험이 에이다의 발밑에 매달렸다. 눈물과 피와 콧물과 침 범벅인 얼굴로, 필사적으로 호소했다.

"부탁이야! 그것만큼은 봐줘……!"

"응? 어째서?"

에이다가 연극을 하듯 어리둥절한 표정으로 입술에 손을 댔다.

"어린아이들에게 잔뜩 상처를 준 그건 해악이야. 그런 쓸데없는 오물이라도 아이들에게는 몸도 마음도 너덜너덜하게 만들 정도의 흉기가 되지. 그렇잖아?!"

감정적으로 물으며 에이다가 앨링험의 사타구니를 걷어찼다. 우와아, 아프겠다―.

"아그갸아아아아아……!"

훌쩍 한 바퀴 뒤집히는 앨링험을 보고 투기장 안에서 왈칵 웃음소리가 터졌다.

"셀 수 없을 만큼의 소녀를 능욕하고 죽였지? 울부짖고 구원을 청했지만 듣지도 않고. 그 더러운 것으로 몸을 찢었잖아?!"

"아파, 아파아아아아."

"죽은 소녀들은 더욱 아팠어!"

그리 내뱉은 에이다는 앨링험의 사타구니를 움켜쥐더니 억지스러운 손놀림으로, 위아래로 문지르기 시작했다.

"이갸아아악, 아파! 아파!"

"아파? 거짓말하기는. 단단해졌잖아. 당신, 아픈 걸 좋아하는구나."

"아니야, 이건…… 갸아아아아아악."

"역겹네. 변태 자식이."

정말로.

『자, 에이다. 다음 마법은——.』

새로운 마법의 효과와 사용 방법을 가르쳐 주자 에이다의 얼굴에 의미심장한 미소가 번졌다.

"그 복수 방법, 최고야."

에이다는 희희낙락 주문을 영창해서 내가 가르쳐 준 마법을 사용했다. 에이다가 문질러서 발기한 앨링험의 사타구니에 빛의 고리가 휘감겨서 뿌리 부분이 꽉 조여들었다. 다음으로 나타난 것은 마법으로 만든 얼음 칼날. 에이다는 그 칼날을 조여진 앨링험의 사타구니를 향해 단숨에 휘둘렀다.

"갸아아아아악, 안 돼애애애애애애애애애애애애애애애애!"

하하하하하! 이것 참——, 꽤 좋은 목소리로 울부짖는구나!

"고통스러워해라. 발버둥 쳐라. 고통스러워해라!"

에이다가 그리 외치며 잘라낸 것을 몇 번이고 짓밟았다.

"너무해…… 너무해, 너무해애애…….."

앨링험이 울면서 사타구니를 계속 붙잡고 있었다. 울컥울컥 넘쳐 나오는 피로 양손이 새빨갛게 물들었다. 수많은 소년소녀를 능욕한 물건은 이것으로 완전히 쓸 수 없게 되었다. 그때 노예 남자들이 다가오더니 퍽, 어깨를 두드렸다.

"여, 어서 와. 우리의 세계에."

앨링험의 얼굴이 싸악 새파래졌다. 아이들을 무참하게 범한 대가로, 그는 무엇보다도 삶의 보람을 느꼈던 행위를 두 번 다시 할 수 없게 되었다. 그 사실을 미처 받아들이지 못했는지 투기장 가득 앨링험의 절망스러운 비명이 울려 퍼졌다.

나한테서 회복 마법의 주문을 배운 에이다가 정기적으로 회복을 시킨 덕분에, 앨링험은 뒈지지 않고 『벌칙 타임』을 마지막까지 계속 받을 수 있었다. 복수에 참가한 이들은 교대제로, 가능한 한 많은 마족이 자신의 손으로 보복할 수 있게 제대로 배려했다. 채찍으로 맞은 이들이 채찍으로 때리고, 달군 쇠로 지져진 이가 앨링험의 피부를 태웠다. 내 복수 규칙을 이 녀석들한테까지 강요한 건 아니지만, 당한 것을 되갚아 주는 방법이 아무래도 이 녀석들 역시 마음에 든 모양이었다. 처음에 에이다가 말했듯이 앨링험이 노예에게 가했던 잔학 행위는 상당한 수준이었으니까. 고통스러워 움직이지 못하는 사람의 사지를 절단한다든지, 영양실조로 눈에 보이지 않게 된 녀석의 안구를 도려낸다든지. 지쳐서 걸을 수 없게 되면 달군 철판 위에 올려서 『뭐냐, 춤을 출 수 있을 만큼 팔팔하잖아』라고 손뼉을 치며 기뻐한다든지. 그런 행위의 증언이 그야말로 잔뜩 나왔다. 그것을 웃도는 복수 방법을 고안하는 것은 상당히 힘들었을 거라 생각하니까 모방하기에 더할 나위 없었다.

──자. 긴 복수 끝에, 지금 투기장 한가운데에는 눈이 사라지고 몸통만 남은 앨링험이 쓰러져 있었다.

"해냈어…… 드디어 해냈다고! 죽여버렸어!"

"아하하하하! 꼴좋구나!!"

앨링험은 이미 숨이 끊겨졌지만 투기장 전체가 흔들릴 정도의 함성은 끝없이 계속 울렸다. 참고로 최종적인 사인이 된 것은 소녀들이 입 안에 대량으로 진흙을 채운 질식사였다. 여운에 잠긴 복수자들은 황홀한 표정을 띠고 있었다. 복수는 공허를 부를 뿐이라는 이야기를 이곳으로 올 때까지 들었지만, 그렇게 지껄인 녀석은 이 광경을 보고도 아직 그런 소리를 할 수 있으려나.

『자, 에이다. 다음은 벤델 차례야.』

에이다는 익숙해졌는지 슥 물러나서 몸의 사용권을 내게 되돌려주었다. 우리도 이런 짧은 시간 만에 무척 호흡이 맞는 콤비가 되었구나. 나는 얼른 귀빈석에 붙들려 있는 벤델 곁으로 향했다.

"어때? 재미있었어?"

벤델은 그저 그런 표정으로 고개를 가로저었다.

"어라, 마음에 안 들었나?"

"라울. 너, 나보다도 그 공주랑 닮았잖아."

"——어?"

생각지 않은 말에 나는 어리둥절했다. 닮았어? 내가? 빅토리아랑? 팔짱을 끼고서 흠, 생각해 봤다. 확실히 닮았을지도? 그렇게 생각했더니 엄청나게 웃겼다.

"……풉. 아하하하핫! 그거 큰일이네! 듣고 보니 확실히 그래! 잔혹한 행동, 고통 받는 상대를 보고 흥분하는 성벽, 확실히 빅토리아랑 똑같아. 하하하핫, 하——, 눈물이 다 나오네. 집에 돌아가면 이야기를 들려줘야지!"

"공주랑 같이 살고 있나?"

영문을 모르겠다는 표정을 띤 벤델을 향해 나는 씩 이빨을 드러냈다.

"다들 있어. 빅토리아도 산드라도 장군도. 뭐, 장군은 좀비가 된 뒤에 박살이 나버렸으니까 유골 항아리에 잔해를 넣어서 장식해뒀지만."

"무, 무슨 소리야……?"

벤델의 입술이 살짝 굳었다. 좋네, 그 표정. 배신자에게 딱 맞는 비참한 표정을 더욱 끌어내고 싶어졌다.

"뭐, 됐어. 라울, 슬슬 풀어줘. 나는 이 연극에 충분히 어울려 줬잖아?"

"허? 무슨 소리야?"

머리가 참으로 낙관적이구나, 이 녀석.

"이번에는 네 차례야."

"허, 나한테는 복수할 수 없을 테지. 나는 너한테 아무것도 안 했으니까."

벤델은 한순간 당황한 모습을 보였지만 금세 아무렇지도 않은 척 일어섰다.

"어쨌든 나는 돌아가겠어. 불쾌해."

총총히 관객석 계단을 내려가려고 했다. 나는 그의 뒷모습을 내려다보며 씩 웃었다.

"멍청하네."

히죽대는 표정을 억누를 수가 없었다. 그게 말이지, 참을 수 없이 즐겁고 즐거웠다. 너랑 별이 빛나는 하늘 아래서 이야기했을 때보다 지금이 훨씬 즐거워!

"내가 스스로 정한 규칙을 깨지 않는다고, 진심으로 생각하는 거야?"

"뭐?"

"나는 정의의 사도가 아니라고. 맛이 가버린 복수자야. 그런 녀석이 규칙을 위반하지 않을 거라고 믿었어?"

벤델의 얼굴이 움찔 경련했다.

"라울, 이 자식……! 날 속이고……!"

아아, 최고다. 그 얼굴을 원했다. 그야 그거잖아? 믿었던 상대에게 배신당한 녀석이 드러내는 얼빠진 표정이라는 녀석.

내 눈을 보고 농담이 아님을 깨달았을 테지. 벤델은 새파란 얼굴로 얼어붙었다.

"거짓말이겠지……. 규칙에 따라서 복수한다고 그런 건 어쨌는데……!"

"하핫, 그거? 그건 말이지, 배신자인 널 속이기 위한 거짓말이야."

"……!"

이 녀석이 정말로 사람 좋은 멍청이였던 그 라울인가, 그런 표정이네. 참을 수 없이 즐거운 기분을 억누르지 못하고, 나는 벤델의 눈동자를 바로 앞에서 들여다봤다.

"있잖아, 가르쳐 줘. 속았다는 걸 알고, 지금 어떤 기분이야?"

"윽…… 으그극. 이 자식, 바보 주제에……!"

나 같은 녀석한테 굴욕적인 기분을 느꼈다는 사실이 용서가 안 되나?

"알지알지. 분한 거구나?"

"분하다, 고……? 내가?"

"죽을 만큼 분하다—! 그런 표정이라고? 나도 너 때문에 그런 기분을 잔뜩 느낀걸. 자—알 알지."

"웃기지 마……! 너 따위랑 같이 취급하지 마! 나는 신동이라

불린 선택된 자라고!"

그래그래. 아무래도 상관없다고, 그 무용담. 옛날에 귀가 따가울 만큼 들었으니까. 자랑인지 알 수 없는 에두른 말투였으니까 당시의 나는 폄하당했다는 사실조차 깨닫지 못했지만.

"배신자를 내가 속인다는 복수도 이루었으니까, 지금부터는 정당한 복수의 영역을 넘어선 『보복의 턴』으로 들어갈까."

"뭐……?"

나는 벤델의 멱살을 붙잡고는 억지로 일으켜 세웠다.

"뭘 하는 거야! 그만, 그만해애!"

"버둥버둥하지 말고, 얼른 걸어."

뒤에서 벤델의 등을 퍽 떠밀었다. 균형을 잃은 벤델은 투기장 계단을 무참하게 굴러 떨어졌다. 온몸을 부딪치며 굴러서 간신히 관객석 최하층에 다다랐다. 나는 곧바로 벤델의 몸을 허공으로 띄웠다.

"으윽……. 뭐, 뭐야?!"

물론 내 마법이다. 경계해도 어떻게 할 방도는 없이, 벤델은 투기장 중심으로 내동댕이쳐졌다. 땅바닥에 격돌하지 않도록 제대로 쿠션 위에 떨어뜨리는 것도 잊지 않았다.

"뭐야?"

자신이 짓밟은 것이 무엇인지 고개를 돌려 확인한 벤델은 히익, 뒤집어진 비명을 터뜨렸다. 벤델이 짓밟고 있는 것은 바로 앨링험의 전라 시체였다. 나도 저런 더러운 시체 위에 올라타고 싶지는 않다. 황급히 일어난 벤델이 나를 향해 양손을 들었다.

"오, 간신히 의욕이 생겼나. 그렇게 나와야지."

"얼렁뚱땅 도망칠 수 있다면 굳이 승부를 걸지 않는 편이 이득이라고 생각했는데……. 이런 상황이라면 할 수밖에 없지."

"나한테 이길 수 있다고 생각해? 너는 그 무렵에도 용사 파티의 이인자였다고?"

"……윽, 다, 닥쳐라……!"

끄집어내고 싶지 않은 상처를 손가락으로 후벼 파인 듯한 표정으로 벤델이 주문을 외쳤다. 역시 빠르다. 폭발음과 함께 출현의 불꽃의 뱀이 투기장 위에 똬리를 틀었다.

"히이이이익……!"

"부, 불탄다……!"

투기장을 뒤덮을 만큼 거대한 용을 앞에 두고 마족들은 벌벌 떨며 비명을 질렀다. 갑자기 최고위 불 마법으로 덤비다니. 벤델 녀석, 내 능력을 제대로 인정해 주는구나.

"먹어라!"

거슬리는 괴성을 내지른 뱀이 나를 향해 덤벼들었다. 시험 삼아 방패 마법을 발동시켜 보니 장벽에는 금세 균열이 생겼다.

『잠깐, 이런 걸 막아낼 수 있는 거야……?!』

머릿속에서 당황한 에이다의 목소리가 들렸다.

"어—. 힘들지도."

『그럴 수가…….』

에이다와 대화를 나누는 사이, 장벽이 굉음을 내며 부서지고 순식간에 내 몸은 업화에 뒤덮였다.

『꺄아아아악!』

이성을 잃은 에이다의 비명을 한층 더 가까이서 느꼈다.

"하, 하하하…… 봤느냐! 나는 굉장해, 우수해! 너 따위랑 비교도 안 될 만큼 말이야!"

뜨거운지 아픈지 알 수 없는 감각이 온몸을 잠식했다. 뼛속까지 재가 될 정도의 폭염이었다. 하지만 말이지―.

"이것 참―, 역시 굉장하네, 너."

"말도 안 돼…… 어째서 죽지 않지?!"

불타오르는 불꽃 가운데서 나는 깔깔 웃었다.

"응―? 이유는 간단해. 내가 아직 죽지 않기로 정했으니까."

"무, 무슨 소리야……."

"나를 살릴지 죽일지는 내 마음이야. 다른 어느 누구도 내 끝을 결정하게 두지 않아. 그를 위해서 이 강력한 힘을 손에 넣었으니까."

내 손바닥에서 꺼림칙한 검은 소용돌이가 나타났다. 그 소용돌이는 지상에서 솟구쳐 올라오더니 벤델의 불꽃보다 거대한 용의 모습으로 변하여 불꽃의 뱀을 단숨에 집어삼켰다.

"자, 진화 완료."

"세, 세상에……."

사지 멀쩡한 몸을 드러내듯 양팔을 펼치자 벤델은 무릎부터 무너지고 말았다.

"너도 어둠 마법을 습득했다면 좋았을 텐데."

"웃기지 마……. 어둠 마법은 악마와 영혼을 거래해야만 쓸 수 있어. 죽은 뒤에 악마가 영혼을 제멋대로 가지고 논다니 장난이 아니라고……. 애당초 어둠의 힘을 빌리는 것뿐이지, 그런 건 스스로의 강함이라고는 할 수 없어……."

"어떤 이유든 강함을 손에 넣을 수 있다면 달려들어야겠지? 그러지 않았던 결과, 너는 지금 큰 위기에 빠졌으니까. 자, 이번에는 내 차례야."

나는 벤델을 향해 손을 들고 어둠 마법을 발동시켰다.

"으윽…… 으어어어어어어억! 마력이…… 내 마력이 빨려 나가잖아……?!"

"으엑. 이거 뭐냐. 진짜로 맛없네, 네 마력."

"아, 아아아아아아아아아아."

"어라? 벌써 텅 비었어."

뭐냐. 의외로 맥 빠지네. 아니, 내가 얻은 어둠의 힘이 너무나도 끝이 없는 건가, 하하. 내 앞에는 마력이 바닥난 벤델이 망연자실하게 앉아 있었다.

"이걸로 너는 이제 마법을 쓸 수 없어. 마법을 쓸 수 없는 대마도사라니, 뭐라고 부르면 될까?"

"아…… 아아, 아……."

부릅뜬 눈 안에서 벤델의 안구가 좌우로 벌어졌다. 철저하게 내몰렸을 때, 어느 쓰레기들이라도 이런 눈빛이었다. 나는 이 표정이 정말로 좋다. 오싹오싹하고 뱃속 깊은 곳에서 뜨거운 기쁨이 터져 나온다.

그래! 이것이야말로 복수가 주는 두근거림이다!

나는 황홀한 한숨을 흘리고 벤델 정면에 섰다.

"하지만 말이지—, 나도 계속 망설였는데, 나는 너한테 배신을 당했을 뿐이니까 어떤 방법으로 고통을 줘야하는 걸까. 평소에는 상대가 저지른 짓을 되갚아 주는 것뿐이었으니까 간단했어. 하지만 이번에는 그럴 수도 없겠지?"

"어째서……! 이번에도 그러면 되잖아……!"

"아니, 배신자가 배신당한 정도로 동요하지는 않을 테니까."

아, 그렇지. 보란 듯이 손바닥을 탁 두드렸다.

"좋은 게 떠올랐어! 앨링험이 당한 다양한 복수가 있었지. 그걸 모방할게."

"우, 웃기지 마! 나는 그런 짓 안 했어!"

"응, 하지만 네가 그 녀석을 도왔기 때문에 아무도 거스르지 못했잖아? 그러니까 연대책임이라는 걸로."

"그런 논리가 어디 있어!"

"논리 같은 건 아무래도 상관없어. 너를 괴롭힐 수 있다면 뭐든지."

내가 벤델 앞에 내려서자 녀석은 분노가 가득한 눈빛으로 나를 올려다봤다.

"어째서 내가 그런 비참한 꼴을 당해야 하는데!"

"어, 그게 비참하다고 생각하는 감성이 있었네, 너. 하지만 그 방법을 생각한 건 내가 아니라 앨링험이니까, 불평은 그쪽에 해달라고. 아니, 이미 죽었나. 아하하."

"……윽."

"손을 잡을 상대는 제대로 골라야 한다고. 이해타산만으로 적당히 행동하니까 이렇게 되는 거야. ──그래서, 우선은 알몸으로 만들고 씻기는 거였지."

"우와악."

아까 마족들이 그랬던 것처럼 벤델의 옷을 갈가리 찢었다. 마도사치고는 단련되어 있기에 앨링험만큼 차마 못 볼 몸인 것도 아니었다. 단정한 얼굴과 그 몸을 써서 때때로 여행 도중에 나쁜 짓을 저질렀던 것도 잘 안다. 지금 생각해 보면 그런 부분에서 쓰레기의 편린이 제대로 배어 나왔는데도, 어째서 과거의 나는 이 녀석을 좋은 녀석이라고 믿었을까. 몸도 마음도 썩어빠진 쓰레기였는데.

"자──, 깨끗이 깨끗이 만들자. 아, 하지만 앨링험과 같이 단순한 솔로는 신선하지 않아서 지루하니까, 내 나름대로 어레인지를 더해줄게."

펑 소리를 내며 내 손 안에 거대한 솔이 나타났다. 브러시 부분이 은색으로 빛나는 것을 보고 벤델이 형용할 수 없는 비명을 질렀다.

"어때? 이 솔. 두꺼운 못 몇백 개를 써서 만들어 봤어. 아프겠지? 자, 청소 개시──."

나는 벤델과의 추억을 돌이켜보며 녀석의 피부를 마구잡이로 문질렀다.

"기이익, 아파! 아파, 그만해애애!"

벤델의 피부는 순식간에 피투성이가 되었다.

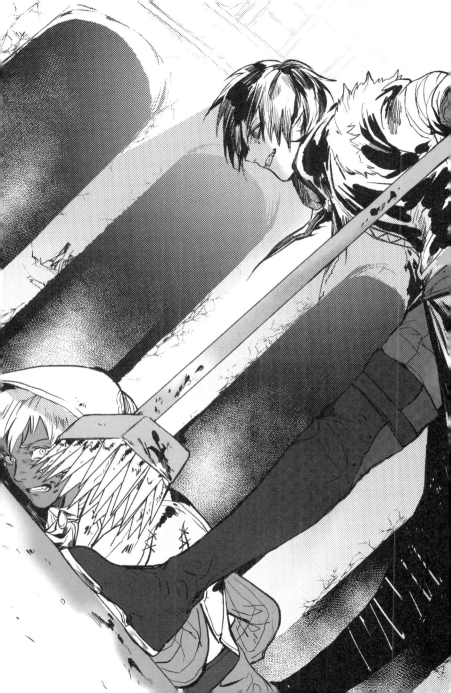

"아— 정말이지. 기껏 깨끗하게 씻겼는데 피로 더럽히지 말라고. 그 부분을 공들여서 다시 씻겨줘야 되잖아."

"아아아아아아악."

"그건 그렇고 너는 바보구나. 성녀님이랑 달리 본체가 왕도에 없었던 덕분에, 운 좋게 붙잡히지 않고 그쳤는데. 나한테 살해당하지 않을 거라 믿고 도망치지도 않다니."

"아그아아아악……!"

"뭐, 어디로 도망쳐도 쫓아갔을 테지만 말이지?"

얼굴을 파내듯 문지르자 벤델이 마구 소리를 질렀다. 아—아. 남자다운 낯짝이 허사가 됐네.

"그러고 보니 씻기는 와중에 본보기로, 물이 든 양동이에 얼굴이 처박혀서 죽은 노예도 있다는데. 본 적 있는 사람—?"

내 호출에 수십 명의 마족들이 손을 들었다.

"그럼 우선은 같은 방법으로 죽여야지. 하지만 단순한 물로는 조금 부족하니까."

나는 마법을 발동해서 주위에 흩어진 앨링험의 피나 지린 소변을 모았다. 역시나 그것만으로는 부족했기에 앨링험의 시체를 가져와서 잘라 몸에 남아 있던 혈액도 짜냈다. 그것으로 딱 양동이 절반 정도의 양이 되었다.

"이만큼 있으면 충분히 익사할 수 있어, 벤델."

"아각."

머리카락을 움켜쥐고 피투성이가 된 벤델의 얼굴을 들어 올려서는 기세 좋게 새빨간 양동이 안에 처박았다. 벤델은 필사적으로 발버둥 쳤다. 괴롭겠네. 게다가 피만이 아니라 소변도 섞여 있으니까 더럽고.

"자자, 잠깐 쉬게 해줄 테니까 힘내라고."

"푸헉, 으헉, 그, 그만해……!"

"아하하하핫! 좋아좋아. 그 얼굴, 최고야."

"숨을, 못 쉬겠어, 괴로워……."

"그렇겠지. 노예들도 그렇게 생각했다고?"

몇 번인가 고개를 들어 숨이 막힌 모습을 즐겼지만, 반응이 매번 똑같으니까 금세 질려 버렸다. 이렇게 고통을 주는 건 그렇게 재밌지는 않네.

"그럼 죽여야지."

나는 양동이 안에 벤델의 얼굴을 처박은 채로 표면을 얼렸다. 마법이 걸린 두꺼운 얼음으로 안면이 고정된 벤델은, 피 안에서 나오지 못하고 필사적으로 버둥거렸다. 얼음 밑에서 부글부글 기포가 만들어졌다. 필사적으로 양동이를 양손으로 밀어내어 어떻게든 고개를 들려고 했지만 헛수고였다. 금세 거품의 기세가 약해지고, 이윽고 완전히 사라졌다. 사지에서도 힘이 빠져나가고 더는 꿈쩍도 하지 않았다. 투기장 위에 걸린 거대한 게시판에는 큼지막하게 【사망 회수 1】이라는 글자가 표시되었다.

14화 **꿈에서 깨어도 지옥은 계속된다**

"⋯⋯──아니, 이봐. 일어나. 언제까지고 죽어 있을 여유는 없다고."

냉수를 쫙 끼얹자 벤델은 숨을 헐떡이며 깨어났다.

"커헉, 어흑⋯⋯. 어, 어째서⋯⋯?"

바닥에 엎어진 채로 당황한 듯 벤델이 주위를 둘러봤다. 영문을 모르겠다는 것보다도 믿을 수 없다는 표정이었다.

"나는 죽었을 텐데⋯⋯. 아니, 의식을 잃었을 뿐인가⋯⋯?"

"있잖아, 벤델. 질식사는 어떤 느낌이야? 괴로웠지? 괴로웠겠네—."

미처 이해하지 못한 것 같은 벤델의 정면에 쪼그려 앉아서 그렇게 물었다.

"어떻게 된 거야⋯⋯? 나는 한 번 죽었다가 되살아났나⋯⋯?"

"그렇게 말할 수도 있고, 아니라고 말할 수도 있으려나. 그 부분은 크게 중요하지 않아. 중요한 건 아직 너를 괴롭히면서 즐길 수 있다는 점뿐이니까."

"⋯⋯윽."

눈을 부릅뜬 채로 일언반구도 없었다. 현실을 직시하지 못하고 굳어버린 모양이었다.

"저기, 벤델. 듣고 있어?"

나는 벤델의 머리카락을 붙잡고 억지로 고개를 들게 만들었다. 벤델은 나와 눈이 마주친 것만으로 뒤집어진 목소리로 비명을 질렀다.

"힉……. 이, 이거 놔……! 아, 악마……!"

"악마라니 고맙네. 자─, 척척 가자고."

나는 싱글싱글 웃으며 마법으로 거대한 가위를 꺼냈다. 물론 날이 지독하게 녹슨 것을. 이거라면 간단히 싹둑 잘리지는 않겠지. 나는 에이다와 달리 동정심이 깊지 않으니까 단숨에 거세시켜주지 않는다고.

"있잖아, 벤델. 이걸로 뭘 당할지, 이미 알고 있지?"

"힉……."

"녹이 슬었으니까 틀림없이 꽤 아플 거야."

"기……."

"기?"

"기야아아아아아아아아!"

맹수 같은 울음소리를 터뜨린 벤델이 그야말로 꼴사납게 도망치려고 했다.

"이런 곳에서 제멋대로 당할까 보냐! 나는, 나는 신동이라고 불린 대마도사야! 누구보다도 성공해서, 순풍에 돛단 것 같은 인생을, 나는, 나ㄴ으으으으으으으으으으은!"

벤델은 그리 외치고 엄청나게 빠른 말투로 전이 마법을 영창하기 시작했다. 하지만 금세 자신의 마력이 모두 사라졌다는 사실을 깨닫고 퍼뜩 숨을 삼켰다. 그래, 너는 이미 저항할 힘조차 없거든.

"포기해. 너는 두 번 다시 내 손바닥에서 벗어나지 못한다고."

손끝의 움직임만으로 벤델의 도주를 막고 등 뒤에서 천천히 다가갔다. 그대로 부들부들 떨고 있는 녀석의 몸을 끌어안았다.

"자자, 어린이 겁먹을 것 없어요—. 천천히 다정하게 고통을 줄 테니까요—."

"그, 그만해! 제발 그만해……."

"아무리 발버둥 쳐도 소용없어요—. 자, 축 늘어진 그걸 이쪽으로 보여줄래요—?"

"히이이이! 안 돼애애애애애애애애애!"

울다시피 절규하는 벤델이 너무도 우스워서, 나는 그 순간 무심결에 웃음을 터뜨리고 말았다. 그 틈을 찔러서 다시 벤델이 달려갔다. 이번에는 뛰어서 투기장 출구로 나가려는 모양이었다. 즐겁게 그 모습을 지켜본 뒤, 벤델이 출구에 다다르기 직전에 전이 마법을 사용해서 바로 내 앞으로 이동시켜줬다.

"하하하—. 말했잖아? 너는 이미 내 손바닥 안이라고."

"오, 오지 마……."

"도망칠 곳은 어디에도 없다니까."

철컥, 철컥. 가위를 움직이며 벤델 앞에 쪼그려 앉았다. 시선을 다리 사이에서 움츠러든 물건으로 집중한 채로.

"히이이이이이이이이이익."

훤히 드러난 사타구니를 양손으로 가린 벤델은 헛된 발버둥처럼 떠오르는 모든 공격 마법을 계속 영창했다. 아—아—. 아까는 마법을 쓸 수 없다는 사실을 이해해놓고서는, 공포에 빠진 나머지 뇌가 퇴화해버렸나?

"어, 어째서야……. 어째서 마법을 못 쓰는 건데에에에에."

한탄하면서도 영창은 계속했다. 마치 궁지에 몰려서 지금부터 죽으러 가는 이가 신을 향해 기도의 말을 되풀이하듯이. 나는 때가 된 것을 느끼고 조용히 가위를 움직였다.

으적——.

"갸아아아아아아아아아악."

굵직한 절규를 터뜨린 벤델이 고통스러운 나머지 몸을 잔뜩 젖혔다. 아아, 예상 그대로다. 반응은 영 별로, 싹둑과는 멀었다.

"아하하핫, 역시 전혀 안 잘리네. 이래서는 가위에 잔뜩 끼어 있을 뿐이잖아. 자, 한 번 더."

"히기아아아아아악, 아, 아아아아아악."

"아, 간신히 피부가 찢어졌어. 조금 더 힘을 실어서 기세 좋게 하면 어떠려나? 얍."

"아아아아아아아아아아아아아아아아악!"

관객의 환호성을 지워버릴 정도의 비명이 울려 퍼졌다. 피가 배어 나오기는 하지만 아직 잘릴 것 같지는 않았다. 그 후, 몇십 번이나 되풀이했지만, 전혀 통하지 않았다. 끼어서 으스러질 뿐이라는 느낌이었다.

"이것 참, 역시 너무 안 잘려서 질렸어. 이제 됐으려나."

내가 손가락을 튕기자 펑, 명랑한 소리를 내며 가위가 새것으로 교체되었다. 은빛으로 번쩍이는 칼날은 신뢰할 수 있다. 이 녀석이라면 내 기대에 응해줄 거라고.

"잠깐, 그만, 그만해……."

"그럼 간다—."

씩 웃고 양손으로 거대한 가위를 움직였다. 그 직후—.

싹둑.

"기야아아아아아아아아아아아악……!"

"됐다—! 해냈습니다, 라울 선수—! 마침내 벤델 사타구니와의 싸움에서 승리했습니다!"

잘린 부분에서 단숨에 피가 터져 나왔다. 오줌싸개 동상 같아서 웃겼다. 나오는 건 물이 아니라 피지만.

"아아아아아아악, 피가, 피가아악! 죽어버려—, 아파—— 제발 막아 줘어어어어."

"아하하하하하하하!"

"좋아—!! 더 해라!"

내 웃음소리, 흥분한 군중의 목소리, 그것들이 모두 벤델의 비명에 지워졌다. 벌러덩 자빠져서 버둥대는 사이, 벤델은 점점 손가락을 움직일 힘도 사라진 모양이었다. 강렬한 통증에 사로잡혀 어떻게 할 방도도 없는지 그저 누워 있을 뿐이었다. 그리고 죽었다.

아니, 죽는 건 아직 이르다니까. 물을 끼얹어서 벤델을 두들겨 깨웠다.

"힉?!"

깨어나자마자 벤델은 자신의 사타구니에 손을 댔다.

"안 아파…… . ……어?! 있어…… . 어째서……?!"

그리 중얼거린 뒤, 쭈뼛쭈뼛 나를 올려다봤다. 그저 당황하고만 있던 눈동자 안에 경악의 기색이 드리우고, 이번에는 그것이 절망의 검정으로 덧칠되었다. 아무래도 자신이 처한 상황을 이제야 간신히 진짜 이해한 듯했다.

"서, 서서서설마…… ."

"그래. 네가 맛보는 고통도 괴로움도 죽음도, 내가 환각 마법으로 보여준 환상이야."

"……!"

"깜짝 놀랐어? 죽지 않는 지옥에 잘 왔어! 나랑 같이 되풀이되는 죽음을 즐기자고! 아하하하하하핫!"

"으아아아아아아아아아아아아아아아아악!"

절규하는 벤넬의 두 눈에서 눈물이 넘쳐흘렀다. 너랑 이렇게 노는 걸 나는 기대했거든. 너도 나랑 마찬가지로 잔뜩 신이 나는 모양이라 기뻐. 자, 질릴 만큼의 죽음을 함께 체감하자.

몇 번이고 몇 번이고 죽었다가 소생하고, 끝이 없는 고통을 벤델에게 가하기를 몇 시간.

"그만…… 용서해줘……. 어윽…… 아아윽……. 이제 그만 용서해줘어어……."

"아니―, 사죄해도 말이지―. 어떻게 할까?"

"부, 부탁이야아아……!"

애태우는 척하며 농지거리를 던지자, 관객석의 마족들이 주먹을 들고서 떠들었다.

"설마 정말로 봐줄 리가 없겠지?!"

"있잖아, 슬슬 우리도 하게 해줘!"

어지간히도 기다리다 지쳤는지, 잔뜩 흥분한 마족들이 멋대로 관객석에서 일어나서 투기장 안으로 밀려들었다.

"죽여라―! 죽여라―! 녀석을 죽여라―!"

"으아아아아아아악! 라울! 라울―!! 살려줘, 날 살려줘……!"

"어라라. 이런 폭동이 되어버려서야, 막을 방도가 없겠는데."

나는 벤델을 그 자리에 남겨두고 하늘로 스르륵 떠올랐다.

"으, 으아아아아아아아아아아악! 제발 그만해애애애애애!"

마족들은 굶주린 짐승처럼 엄청난 기세로 벤델을 덮쳤다. 몇백 명의 마족에게 포위당한 벤델이 도움을 바라며 하늘을 향해 필사적으로 손을 뻗었다. 건넨 손을 붙잡을 리가 없는데도.

"죽여라! 죽여라!"

"이봐, 나도 하게 해줘!"

"독점하지 말라고!"

마족들은 벤델의 사지를 붙잡고는 반쯤 광란의 쟁탈전을 시작했다.

"그, 그만해…… 아가아악……! 아파…… 찌, 찢어져어……!"

밖에서 보고만 있는 것도 시시하다. 나는 마법으로 지휘봉을 꺼내어서는 이 야단법석을 더더욱 부채질했다.

"자, 벤델 쟁탈전에 패배한 여러분은, 건투 중인 녀석들을 응원하자! 하나—둘—, 죽—여—라! 죽—여—라!"

"죽—여—라—!"

"죽—여—라—!"

"히긱, 기이이이이!"

사지, 머리, 귀, 손가락, 머리카락, 어쨌든 모든 부위를 엄청난 힘으로 잡아당기는 상황에서, 벤델에게서는 묘한 소리가 들렸다. 뿌득, 우드득——. 그래, 이건 살점이 찢어지는 소리다. 팔다리가 떨어지면 이번에는 그것을 빼앗고자 마족들이 대난투를 시작했다.

『으……윽.』

너무도 추악한 광경을 본 탓인지 머릿속에서 에이다가 작게 비명을 터뜨렸다.

"아흭, 아히……."

사지가 찢겨나간 벤델은 부들부들 경련한 뒤, 눈을 홱 까뒤집었다. 그 직후, 머리도 뿌득뿌득뿌득 소리를 내며 목에서 떨어져 나갔다. 예, 죽었습니다―. 흘끗 시선을 들자 투기장의 게시판의 사망 회수는 【66회】로 표시되어 있었다.

◇ ◇ ◇

자, 지금 벤델은 무릎을 끌어안고 주저앉아서는 공허한 표정으로 침을 흘리고 있었다. 탁한 눈동자는 멍하니 한 곳만 바라보며 움직이지 않았다. 메마른 입술로는 제대로 알아들을 수 없을 법한 혼잣말을 하염없이 중얼거렸다.

"응―? 뭐라고?"

옆에 쪼그려 앉아서 귀에 손을 대어 그 혼잣말을 들었다.

"죽이지 마…… 이제 그만…… 죽이지 마……."

내가 훗, 입가에 미소를 띠었을 때, 곤혹스러워하는 물음이 머릿속에서 울렸다.

『이 녀석 갑자기 이상해졌는데, 어떻게 된 거야? 당신이 뭔가 했지?』

그래, 그렇다. 나는 크크크 웃고는 벤델의 뇌 안에서 무슨 일이 벌어지는지를 설명해 줬다.

"이 녀석은 지금 내가 건 환각 마법 안에서, 몇 번이고 살해를 당하고 있어. 나는 이렇게 이 녀석한테 손가락 하나 안 댔잖아? 하지만 이 녀석은 『용사 라울한테 속아서 과도한 복수를 당한다』라는 환상 속에서, 환상의 나한테 더더욱 환각 마법을 당하며 【자신이 살해당하는 순간을 몇십 번이나 체험한다】라는 환각을 보고 있거든."

『뭐……! 환상 안에서 환상을 보여준다는 거야……? 그런 게 가능해?!』

나는 대답 대신에 어깨를 으쓱였다.

"현실 세계에서 몇 번이고 환상을 보여주다가는 시간을 잡아먹으니까. 그 환상을 거듭해서 거는 행동도 환상 속에서 하는 거지."

"현실 세계에서는 몇 초밖에 안 지났어도 이 남자는 환상 속에서 몇 번이고 계속 살해당한다는 거야?"

"그런 거야─. 아마도 지금 시점에서 백만 번 이상은 죽지 않았을까? 환상 속에서 말이지."

나는 히죽히죽 웃으며, 멍하니 있는 벤델의 이마를 손가락으로 쿡 찔렀다.

"당한 것을 되갚아 준다는 규칙을 지키는 경우, 내가 이 녀석한테 할 수 있는 건 『속인다』는 행위뿐이니까. 몇 번이고 살해당하는 루프에 갇혀 있다고 속인 거야, 하하하."

『이게 대체……. 머리가 이상해질 것 같아…….』

나는 으─응, 기지개를 켠 뒤에 주위를 둘러봤다.

"이걸로 이번 복수를 이루었어. 나는 벤델을 데리고 철수할게. 이 녀석을 장식할 방법도 생각해야겠네. 제대로 전체적인 균형을 생각해서 전시해야지─."

"이봐, 어떻게 된 거야?! 저 마도사한테는 복수하게 해주지 않는 건가……?!"

"기왕이면 그 녀석한테도 지옥을 보여주게 해줘……!"

환상 속에서 벌어지는 일 따윈 모르는 마족들이 벤델도 괴롭히게 해달라고 떠들었다.

"이것 참. 너희 복수 상대는 앨링험과 그의 호위들뿐이잖아?"

안타깝지만 벤델이 저지른 것은 악인 앨링험을 지켜준 것뿐이다. 그러니까 여기서 마족들한테 벤델을 넘겨줄 이유는 없다. 내게는 중요한 복수 상대이지만 마족들에게는 그렇지 않으니까.

"피에 굶주린 짐승 같은 짓은 그만둬. 거기까지 어울려 줄 수는 없으니까. 벤델은 내가 받아 가겠어, 알겠지?"

"뭐야! 우리가 당신보다 훨씬 고통을 줄 수 있다고?"

"하하, 웃기네. 앨링험에 대한 복수조차 미리 깔아주지 않았다면 못 했던 주제에? 나보다 지독한 복수를 할 수 있다고?"

싱글싱글 웃으며 묻자 마족들은 퍼뜩 놀란 듯 입을 다물었다. 딱히 위협을 할 생각은 없지만, 어째선지 모두 부들부들 떨게 만들어 버렸다. 어쨌든 내 생각을 이해한 것 같아서 다행이다.

"응. 알았다면 됐어."

내가 용서해줘도 마족들은 아직 풀이 죽은 모습이었다.

"너무 까불어서 미안해……. 다, 당신의 말이 맞아……."

"확실히 우리 원수는 저렇게 죽었어……. 그래. 우리는 풀려났어……. 그 사실을 기뻐해야지……."

마족들은 서로를 위로하듯, 서로의 어깨에 팔을 두르기 시작했다. 이제까지 묘한 흥분과 열기가 점차 희박해졌다. 내 눈을 통해서 그 광경을 바라보던 에이다의 감정이 흔들리는 게 왠지 모르게 전해졌다.

『정말로 다들 풀려났어…….』

진심으로 안도한 음색이었다.

"앨링험한테 복수를 해낸 것보다 노예가 되었던 마족들을 풀어줄 수 있었다는 쪽으로 생각이 먼저 미치나?"

그러자 에이다는 허둥지둥 그것을 부정했다.

『아, 아니야……! 물론 앨링험한테 복수할 수 있었다는 만족감도 있어.』

"흐—응?"

하지만 완전히 부정하지는 않는구나. 노예를 구해서 기쁘다는 감정을. 뭐, 상관없지만. 나는 손가락을 튕겨서 마법 공간을 해제하여 원래 있던 수용소의 공터로 마족들을 돌려놓았다. 마족들은 아직도 흥분이 전부 가라앉지는 않은 모습으로 기쁨의 함성을 지르거나 서로를 끌어안았다.

"자, 에이다. 우리는 이쪽이야."

내 안에 있는 에이다에게 일단 말을 건넨 뒤, 벤델을 든 상태로 수용소 안으로 돌아갔다. 그리고 여전히 화장실에 쓰러져 있는 에이다의 본체를 마법으로 불러냈다.

"그럼 복수 동맹은 여기서 해산이라는 걸로."

『꺄아?!』

이물질을 끄집어내는 충격과 함께, 에이다의 비명이 뚝 사라졌다. 몇 초를 기다리자 눈앞에 쓰러져 있던 에이다의 본체가 눈꺼풀을 꿈틀 움직였다. 천천히 몸을 일으킨 에이다가 복잡해 보이는 표정으로 나를 올려다봤다. 문제없이 돌아간 모양이네.

"배도 고픈데 밥이라도 먹으러 갈까. 아, 하지만 이런 벤델을 데리고 식당에 들어가는 건 위험한가."

혼잣말하며 에이다에게서 등을 돌리고 떠나려 했을 때──.

"응?"

목덜미에 서늘한 것이 닿았다. 시선을 내리자 목의 피부에 뾰족한 것이 쿡 박혔다. 등 뒤에서 어렴풋이 체온이 전해졌다. 음, 위치가 안 좋아서 잘 안 보이지만 아무래도 에이다가 지금 내 목덜미에 단검을 들이대고 있는 모양이었다.

"뭐야? 벌써 적으로 돌아간 거야? 매정하네. 조금 전까지는 서로 동료였는데."

"······웃기지 마. 널 동료라고 생각한 적 따윈 한 번도 없어."

등 뒤에서 나이프를 들이댄 채로 에이다가 외쳤다. 귀가 찌잉 울려서 나는 그만 한쪽 눈을 감았다.

"여전히 엄청난 증오를 보내오는구나. 잘도 그런 감정을 품은 채, 일시 휴전까지 해냈네."

"그래. 나한테는 그저 굴욕 말고는 아무것도 아니었어. 하지만 마족을 해방한다는 목적을 이룬 지금, 내 복수를 방해하는 건 아무것도 없어! 용사 라울, 각오해라······!"

너야말로 진짜 원수──. 그 말과 함께, 에이다는 내 목에 단검을 찔러 넣는 것이었다.

◀ 막간 1 ▶ 그 사람의 동생

"이것 참, 갑자기 그러기야. 조금 더 여운이라는 걸 맛보겠다는 생각은 없어? 기껏 손을 잡고 첫 번째 목표를 달성했어. 우선은 연회를 벌여서 축하라든지——."

"닥쳐. 네 시답잖은 헛소리에 어울려줄 생각은 없어."

에이다의 노골적인 적의를 받은 나는 과장스럽게 한탄했다.

"너무하네. 내 몸을 마음대로 이용하고는, 용건이 끝났으니 그냥 버리나?"

"닥치라고 했어!"

"언제부터 그런 녀석이 된 거야? 옛날에는 순진무구한 마족이었는데 말이지."

"······!"

퍼뜩 숨을 삼키는 기척이 느껴졌다. 그 틈을 찔러 에이다의 품속에서 빠져나갔다. 돌아보니 벌레라도 씹은 것 같은 표정의 에이다와 눈이 마주쳤다. 뭐, 그럴 거라고 생각은 했지만, 나한테 『진짜 정체』가 들키지 않았다고 믿었구나. 이것 참.

"내가 어지간히 얕보였는지, 네가 어지간히 어리숙한 건지."

"······윽, 시끄러워······."

"가짜 용사의 모습을 걷어내면 마을 처녀. 마을 처녀의 모습을 걷어내면—— 그런 이중의 모사 마법을 자신에게 걸었다는 건 재밌었어. 하지만 말이야, 결국 네 마법은 외모만 바꿀 뿐이니까. 안타깝지만 내 수준의 마법 사용자라면 그런 건 오라로 알아차려 버리거든."

에이다는 말을 잃은 채, 분하다는 듯 입술을 깨물었다.

"자, 이 질문도 두 번째야. 내가 강제적으로 네 마법을 푸는 것과 스스로 진짜 모습을 드러내는 것. 어느 쪽이 좋겠어?"

"……괜찮겠네. 네가 눈앞에 나타난 순간부터, 계속 원래 모습으로 증오의 말을 쏟아내고 싶었거든."

다른 사람 같은 말투로 증오의 말을 꺼낸 직후, 에이다의 모습이 일그러지기 시작했다. 평범한 갈색 머리카락이 백은색으로, 자못 시골 처녀 같은 느낌이었던 얼굴이 절세의 미소녀로 변화했다. 그리고 무엇보다도 큰 차이는──.

우득우득우득, 애처로운 소리를 내며 그녀의 등에서 검은 날개가 펼쳐졌다. 에이다였던 소녀는 마족만이 지닌 거대한 날개를 퍼덕이며 새빨간 눈동자로 나를 찌릿 노려봤다.

배어 나오던 마력의 오라가 『그녀』와 같았으니까 가까운 친족일 거라고는 예상했다. 하지만 설마 이렇게까지 모습이 겹치다니……. 눈앞에 있는 소녀의, 그 너머에 존재하는 그녀에 대한 경의를 표하기 위하여 나는 공손히 인사를 했다.

"그 사람이랑 똑같네, 너. 동생이야?"

"그래. 나는 네게 살해당한 마왕의 동생 테오도르……!"

분노의 오라를 몸에 두르며 테오도르가 그리 외치자 은색의 긴 머리카락이 둥실 나부꼈다.

"언니인 마왕의 원수, 용사 라울! 각오하도록 해라!"

허벅지에서 단검을 뽑아들더니 주저 없이 내 품으로 파고들었다.

테오도르. 그 분노는 이해한다. 하지만 나는 아직 살해당할 수는 없거든.

마법을 쓸 수 있다면 테오도르의 움직임 따윈 한순간에 막을 수 있다. 다만 어쩐지 그런 기분이 들지 않았다. 나는 목이 베이기 직전까지 기다려서, 간격으로 들어온 테오도르의 팔을 붙잡았다.

"앗……!"

땡그렁—— 공허한 소리를 내며 단검이 바닥에 떨어졌다. 그대로 그녀의 양손을 한꺼번에 붙잡고 억지로 뒤쪽으로 돌렸다. 역력한 힘의 차이를, 이 바보 같은 소녀한테 철저히 가르쳐 주어야 한다. 복수하고 싶은 건 상관없지만 무력한 상태 그대로 날뛰어도 아무런 의미도 없다고.

"이, 이거 놔……."

손을 머리 위로 구속당하고 벽과 내 몸 사이에 낀 테오도르가 분하다는 듯 발버둥 쳤다.

"날뛸수록 고통스러워질 뿐이라고."

등 뒤에서 체중을 실어주자 고통스러운 신음이 테오도르의 입술에서 새어 나왔다. 나는 그녀의 귓가로 입술을 가져다 대고 낮게 깔린 목소리로 속삭였다.

"알겠나. 지금도 나는 간단히 너를 죽일 수 있어."

"웃기지 마……. 누가 너 따위한테……!"

마치 과거의 스스로를 보는 것 같아서 안타까운 기분이었다. 나는 차가운 감정으로 테오도르를 내려다본 뒤, 그녀의 몸을 홱 돌렸다. 숨결이 닿을 정도의 거리에서 시선이 맞부딪쳤다. 팔을 뻗어서 가늘고 하얀 목에 오른손을 대자 테오도르가 굳은 목소리를 흘렸다.

"으……윽, 커헉."

그대로 벽으로 밀어붙인 테오도르의 몸을 한 손으로 들어 올렸다. 허공에 뜬 두 다리를 괴로운 듯 버둥버둥 움직였다.

"감정에 휩쓸려서 복수하려고 생각하지 마. 승산이 없다는 것 정도는 빤히 알잖아."

"으, 으윽……!"

"등 뒤에서 덮쳐봐야 나를 죽일 수 있을 리가 없어. 살기도 훤히 새어 나오고, 마법은 못 쓰고, 힘도 없어. 모든 게 어중간하다고. 그래서는 복수 따윈 이루지도 못하고 개죽음당할 뿐이야."

"아그아아으으……!"

"하지만 말이야. 나는 복수를 원하는 녀석에게는 다정하거든. 그러니까 선택하게 해줄게."

목에 대고 있던 손을 떼자 테오도르의 몸은 바닥으로 내동댕이쳐졌다. 바닥에 드러누워 필사적으로 산소를 들이쉬는 그녀를 계속 내려다보며 손가락을 딱 튕겼다. 갑자기 나타난 금은보화의 산을, 눈물을 흘리는 테오도르가 멍하니 바라봤다.

"여기에 앨링험이 모은 재산이 있어. 노예가 되었던 마족들이 앞으로 다시 생활을 꾸리기에는 충분한 액수겠지."

"……!"

"이걸 받고, 풀려난 마족들을 데리고 떠나겠나. 아니면 다시 한번, 나랑 맞서다가 헛되이 죽겠나. 어느 쪽이 좋겠어?"

테오도르의 눈 안에 드리운 증오는 죽을 뻔한 뒤인데도 쇠하지는 않았다. 나는 이 아이를 바보라고 생각하지만, 이런 부분을 미워하지는 않았다. 화가 날 만큼 어리석고 무력한 복수자. 나는 네가 싫지 않아, 테오도르. 동시에 그 단순함, 생각 없는 태도, 무력함을 지겹다고는 생각하지만.

"……악독한 놈."

"하하. 그렇게 말하지는 말라고. 네 기분, 정말로 잘 안다니까? 기껏 눈앞에 복수하고 싶은 상대가 있어. 그 녀석한테서 등을 돌리는 건 굴욕적이지. 하지만 이 돈이 없다면, 노예 상태에서 해방됐을지라도 저 녀석들의 인생이 잘 풀리지는 않겠지."

"……."

"나라는 멸망했어도 왕족인 너는 백성을 지키고 싶었어. 그래서 나를 불러내어 마족 해방의 도움을 받은 거 아니야?"

내가 묻자 테오도르는 고개를 숙였다.

"있잖아, 답을 맞춰 보고 싶은 게 있는데 괜찮을까?"

테오도르가 계속 침묵했기에 승낙으로 받아들이고 멋대로 진행했다.

"네가 변신했던 에이다라는 여자는? 인근 주민한테 물었더니,

가족 모두 갑자기 모습을 감추었다고만 그러던데. 어둠 마법을 사용해서 그 자리에 새겨진 잔류사념을 들여다 봐도 찰스 말고는 알 수가 없었거든. 에이다랑 그녀의 어머니랑 동생의 소식은 불명. 내가 파악한 건 어머니와 자매가 제각각 집을 나갔다는 것뿐. 그 세 사람은 어떻게 됐지?"

"……."

"네가 죽였어?"

"……아니야! 내가 발견했을 때, 그녀들은 이미……!"

그때 한 번, 그녀의 말문이 막혔다.

"회복해서 움직일 수 있게 된 나는 행방불명이 된 찰스 일가를 필사적으로 찾아다녔어. 그녀들의 유해를 발견한 건 마을 밖에 있는 숲속 오두막 안이었고 이미 부패가 시작된 상태였지. 하지만 무슨 일을 당했는지는 짐작이 갔어. 팔다리에는 구속된 흔적이 있었고, 셋 다 알몸이었으니까. 게다가 드러난 몸에…… 유린당했음을 한눈에 알 수 있는 지독한 상처가 남아 있었어. 그 후, 가짜 용사로 분장해서 앨링험에게 접근한 뒤, 녀석의 일기를 훔쳐봤더니 당시의 일이 상세하게 기록되어 있었지."

"그런가."

나는 그저 그런 대답만으로 그쳤다. 지금 나는 자신의 복수와 관계가 없는 타인의 불행에 아파할 수 있는 마음 따윈 지니고 있지 않았다. 애당초 내가 동정하는 말을 건넨다면, 또다시 격노한 테오도르가 승산도 없는데 덤벼들 것이다. 이야기의 방향을 살짝 바꾸자.

"하나 더 신경 쓰이는 게 있어. 그 가족들과 네 접점은 뭐지?"

"어차피 알고 있잖아."

"하하. 들켰어? 찰스가 구한 마족 소녀 가운데 안부가 불명인 쪽이 너인가."

"……."

"증거는 아무것도 없으니 단순한 내 추측이지만."

다만 테오도르가 에이다를 흉내 내면서까지 찰스의 복수를 달성한 이유는 달리 떠오르지 않았다.

"하지만 내 추측이 맞을 경우, 어째서 마왕의 동생인 네가 다른 마족들과 마찬가지로 노예 취급을 당했는지 의문이네. 앨링힘이 네 존재를 알았다면 좀 더 최상급으로 취급을 받았을 테니까. 아, 물론 나쁜 의미로."

테오도르는 혐오감을 훤히 드러내며 고개를 홱 돌렸다. 더 이상 이 이야기를 계속하고 싶지 않은 모양이었다. 나는 호기심 때문에 물어봤을 뿐이니까 딱히 끈덕지게 파고들 필요도 없었다.

"알았어. 이야기를 되돌리자. ──네가 거부한다면, 이 돈은 내가 받아 가겠어. 저 녀석들한테 굳이 나누어 주러 돌아다니며 생활을 돌볼 만큼의 애착 따윈 없으니까. 저 녀석들한테도 나는 마왕을 쓰러뜨린 증오스러운 적일 테고 말이지?"

그런 녀석한테 보살핌을 받을 바에야 종족 전부 길거리를 헤매는 편이 나을지도 모르니까. 그렇게 말했더니 테오도르는 양손을 움켜쥐고 나를 노려봤다.

어린아이 같은 최후의 저항인가.

"자, 어떻게 할래? 다음 복수가 기다리니까 나는 바쁘거든. 삼 초 이내에 결정해줘."

"젠장……."

"삼―, 이―……."

테오도르의 눈동자에서 분노의 눈물이 뚝뚝 떨어졌다. 성실하구나. 그렇게나 깊이 생각하지 않더라도, 마족들을 위한 일이라며 결론짓고 지금은 일단 물러난다. 그것뿐이면 그만일 텐데. 자신의 감정과 타협하는 게 이다지도 서툰 녀석도 드물다.

"일―……."

내가 거기까지 카운트한 참에, 테오도르의 어깨에서 힘이 빠졌다. 그 자리에 주저앉아서 고개를 숙인 그녀의 눈은 이미 나를 보고 있지 않았다. 그것이 대답이라는 의미겠지.

"응. 옳은 선택이라고 생각해. 너한테는 말이야."

나는 테오도르의 어깨에 툭 손을 얹었다. 테오도르는 그것을 뿌리치려고 하지도 않았다.

"그럼 잘 있어. 파트너. 복수를 대행해 줘서 고마워."

뒤를 향해 손을 팔랑팔랑 흔들고는 떠났다. 망설임 없이 다음 무대로. 너랑 달리 복수 이외에 내가 가야할 길은 존재하지 않으니까.

2장 마녀 재판

쿠르츠국 아우에르바하 성의 남쪽에 있는 별궁. 국왕이 계신 『황금의 방』으로 가기 위해 거울의 회랑이라 불리는 복도를 저벅저벅 걸어가는데, 문 앞에 서 있던 젊은 위병이 나를 보자마자 깜짝 놀란 표정으로 창을 들었다.

"이봐, 너! 여긴 국왕 폐하의 침실이다, 허가받지 못한 자의 출입은——."

"그만해!"

그 말을 가로막듯, 문 왼쪽에 서 있던 남자가 끼어들었다. 그쪽의 선배 위병은 잔뜩 당황해서는 식은땀까지 흘리고 있었다.

"이분은 특별대우다! 어떠한 때라도 통과시키도록 되어 있어! ——죄송합니다, 라울 님……!"

"어?! 라울 님이라니, 설마……."

당황한 듯 나와 선배를 번갈아 보는 젊은이는 아직 신입이겠지. 내 숙청으로 원래 왕궁에서 일하던 위병 대부분이 교체된 탓인지 충분한 인수인계를 받지 못했나 보다. 게다가 내 얼굴을 모른다는 것은, 병사 모집의 공지라도 받고 시골에서 나온 것일지도 모른다.

"요, 용서하시길, 라울 님……! 부디, 부디 목숨만큼은……!"

신입도 심상치 않은 분위기에 흠칫거렸다.

"됐—어 됐—어. 신입이라면 모르는 것도 당연하니까."

나는 밝게 웃고 신경 쓰지 말라며 어깨를 두드렸다. 아직 떨고 있는 두 사람 앞을 지나서 황금의 방으로 들어갔다.

"폐하, 다녀왔어—. 가짜 용사, 상인 앨링험, 대마도사 벤델, 그의 부하들, 전부 한꺼번에 처분하고 왔어."

여전히 대량의 관이 연결되어 살아있는지 죽었는지 알 수 없는 표정 그대로 천장을 바라보는 국왕 곁으로 갔다. 흐리멍덩한 노란색 안구만을 데굴 움직여서 내 존재를 확인한 국왕은 재미있다는 듯 코웃음 쳤다.

"그대의 보고를 기다렸다. 자, 상세한 이야기를 들려다오."

"앨링험은 마족들한테 거세당한 뒤, 끝내는 질식사. 대마도사 벤델은 영원히 자신이 계속 살해당하는 환각을 보고 정신이 붕괴. 이 녀석 역시도 마족들한테 사지가 뜯겨나가서 죽었어."

폐하가 좀 더 자세하게 이야기하라고 어린아이처럼 졸랐기에, 나는 침대 옆에 마련된 의자에 풀썩 앉아서는 재밌는 일의 자초지종을 이야기해줬다.

"직접 체험하고 싶다면 언제든지 당신을 내 안으로 보내줄 수 있어. 어둠 마법으로 자초지종을 기록해 뒀으니까. 주체 못 할 만큼 한가롭다면 말해. 환자는 항상 한가할 테고."

"오오, 그건 좋군! 그래서, 붙잡은 마족들은 어떻게 됐지?"

"아, 그거."

다리 방향을 바꿔서 다시 꼬고 뺨을 괴고서는 히죽 웃었다.

"하하하. 시설까지 한꺼번에 불태워 버렸어."

"뭐라고? 죄도 없는 마족들을 말인가……!"

"복수 대상 이외에는 딱히 죽일 생각은 없으니 그냥 놔둘까 하는 생각도 있었지만. 마왕의 원수라느니 어쩌느니 그래서, 앞으로 반란을 일으키기라도 하면 귀찮으니까."

"그걸로 됐다. 마족 따윈 어차피 몬스터나 다름없는 짐승이야. 녀석들이 사람과 닮은 모습에 말을 할 수 있다는 것만으로도 역겨워."

"아— 그러네—. 하지만 임금님, 그런 악담을 해도 괜찮아? 마족이 어디서 듣고 있을지 모른다고?"

"시시하군. 마왕이 죽은 지금, 두려워해야 할 것 따윈 아무것도 없다."

"하하. 확실히 그러네!"

나는 깔깔 웃고 적당히 이야기를 맞춰줬다.

"애당초 임금님한테는 어둠 마법이 전혀 통하지 않으니까 말이야—. 그러니까 나도 당신을 죽일 수는 없고."

"흥. 네가 나를 죽일 이유 따위가 있나?"

"없던가?"

서로 실없는 말을 주고받으며 속을 떠봤다.

"하지만 당신한테는 날 죽이고 싶은 이유, 잔뜩 있겠네."

"호오, 예를 들면?"

"빅토리아의 원수를 갚는다든지."

"그 멍청한 딸의 이름 따윈 듣고 싶지 않다! ……윽, 쿨럭!"

외친 순간, 사레가 들렸는지 숨이 막힌 상태로 국왕이 지독히 괴로워했다. 방 한구석에 대기하고 있던 시종들이 허둥지둥 달려왔다. 아─아─. 정말이지. 할아버지, 몸이 너덜너덜한데도 흥분하니까. 흡입기로 침을 빨아내고 진정제니 뭐니 투여하는 동안, 나는 옆에서 얌전히 기다려야만 했다. 이것 참. 노인을 상대하는 것도 큰일이다.

"어때, 진정됐어?"

"허억, 허억……. ……문제없다. ──자, 그대도 돌아가도록 해라. 멈춰 있던 재판을 재개하고자 하는데 어떤가."

"오. 좋네. 그래서? 그 마녀는 좀 어때? 건강해?"

"내가 이야기하는 것보다 실제로 보고 오는 게 낫겠지."

"아. 그러네."

재판에 앞서 그 녀석한테 인사라도 해둘까.

왕의 방을 뒤로한 나는 크리스티아나의 상태를 보려고 그 여자가 잡혀 있는 지하 감옥으로 향했다. 나선 모양의 돌계단을 들여다보니 어둠 속에서 응석을 부리듯 묘한 목소리가 울렸다.

"……읏, 하아, 앙…… 아앗."

우와…….

진심으로 질려서 머리를 부여잡았다.

"저 녀석, 이런 곳에서도 하고 싶다니……. 발정난 동물이냐."

울려 퍼지는 기분 나쁜 목소리에 구역질을 하며 계단을 내려가자, 그곳에는 생각했던 그대로의 광경이 있었다. 거의 알몸이라고 해도 될 만큼 흐트러진 크리스티아나가 감옥 철창에 몸을 찰싹 붙이고 있었다. 철창에서 뻗은 하얀 손은 눈앞에 있는 병사의 팔을 붙잡고 있었다. 크리스티아나의 다리 사이로 이끌린 병사의 손이 무엇을 하고 있는지는 죄수복 그림자에 가려서 보이지 않았지만, 신음소리와 꿈틀대는 허리 움직임으로 싫어도 상상이 갔다.

"아앙, 좋아! 거기, 좀 더……. 부탁이야, 격렬하게 해줘……!"

병사의 숫자는 셋. 전부 뺨을 붉히고 숨을 삼키며 크리스티아나의 추태를 바라보고 있었다.

"서, 성녀님……."

"아직 부족해! 이런 곳에 계속 있던 탓에 몸이 이상해져 버릴 것 같아……!"

요구에 응하여 철창 너머로 뻗은 손이 늘어났다. 병사들은 흥분한 짐승 같은 목소리를 흘리고, 성녀의 몸을 더듬고 그녀의 가슴을 주물러 댔다. 다른 죄수들이 잡아먹을 듯이 그 광경을 보고 있었다.

"있지, 넣어줘……! 부탁이야, 안으로 들어와 줘……."

크리스티아나의 유혹에 병사들이 서로 마주 봤다.

"이, 이봐, 어떻게 하지?"

"이렇게나 음란하다고. 열어도 도망칠 리가 없어. 우리 물건을 참을 수 없을 것 같으니까."

"헤헤…… 그러네. 문, 열어 버릴까……."

병사들은 천박한 미소를 띠며 얼굴을 마주 보고 논의 중이었다. 뒤에서 훌쩍 얼굴을 내민 나는 옆에 있던 녀석의 어깨에 손을 얹었다.

　"이것 참, 밀담 중? 저 녀석의 빤히 보이는 유혹에 넘어갈 수준이어서야, 아직 멀었네."

　"힉."

　내가 말을 건네자 병사들은 비명을 지르며 크리스티아나에게서 떨어졌다.

　"라, 라울 님! 이건 그게…… 성녀님이……."

　내가 크리스티아나를 보자 그녀는 울 것 같은 표정으로 눈을 촉촉하게 빛냈다.

　"라울……! 네가 와줘서 다행이야……. 나, 너무 무서워서……. 그 사람들이 시키는 대로 할 수밖에 없었어……."

　상반신 알몸인 채로, 크리스티아나가 나를 올려다봤다. 내가 차가운 눈빛으로 빤히 바라보자 보란 듯이 부끄러운 척하며 양손으로 가슴을 가렸다. 부드럽게 물결치는 머리카락이 가냘픈 몸의 라인을 타고 사르륵 흘러내렸다. 크리스티아나는 동글동글 처진 눈과 통통한 입술 탓인지 요염하면서도 천진난만한 느낌 역시 느껴진다고는 평가를 자주 받았다. 요컨대 대다수 남자의 보호욕을 돋우는 외모라는 의미였다. 나한테는 전혀 의미가 없지만.

　"미, 미안해……. 이런 모습을 보여서……."

　"어— 예이예이. 그런 연극은 아무래도 상관없으니까."

나는 병사들을 휘이휘이 쫓아버린 뒤, 크리스티아나가 들어 있는 감옥 앞에 섰다.

"여전하구나, 크리스티아나. 빅토리아는 왕에게 버림을 받았다는 말을 들은 것만으로 흐트러졌는데, 너는 잘 견뎌내고 있는 것 같네. 그 헐렁헐렁한 사타구니도 평상시 그대로고."

"정말이지, 라울도 참 짓궂은 소릴 한다니까……. 하지만 있지―, 임금님도 너무하시다고? 갑자기 나를 『그대는 성녀 따위가 아니다! 마녀다!』라고 그러더니 갑자기 나를 붙잡았다니까."

응, 알고 있어.

그거, 내가 움직인 거니까.

"그보다 너, 일단 그 보기 흉한 가슴, 집어넣어 줄래?"

상대의 존엄을 빼앗기 위해 알몸으로 벗기는 경우는 있어도, 지금은 상황이 달랐다. 이런 더러운 여자의 알몸 따위 누가 부탁할지라도 보고 싶지 않은걸. 눈이 썩는다. 애당초 이 녀석의 경우, 옷을 벗겨봐야 마음에 상처를 받을 법한 성격이 아니다.

"자, 빨리."

"응, 알았어. 옷 입을게……."

크리스티아나는 속을 떠보듯 나를 바라보며 우물쭈물하는 손놀림으로 단추를 잠그기 시작했다. 나를 유혹할 수 없을지 틈을 살피는 거겠지. 그런 구석, 정말로 변함이 없다.

"있지, 라울. 손이 떨려서 제대로 못 입겠어……. 도와주지 않을래?"

"하하하, 나는 너한테 손가락 하나 닿기 싫은데."

"그런 농담만 하고. 라울이 꽉 안아주면 떨리는 게 멈출지도. 안 돼?"

완전히 손이 멈춰 있었다. 단추는 가장 밑에 것만 잠갔을 뿐이니까 여전히 보기 흉한 물체가 훤히 보였다. 애당초 옷 단추를 밑에서부터 잠그는 녀석이 있긴 한가? 이대로 상대를 해봐야 짜증만 나니까, 나는 마법으로 거대한 자루를 꺼내서 크리스티아나 위에 덮어씌웠다. 머리부터 발끝까지 푹. 좋아, 이걸로 보기 싫은 걸 안 봐도 된다.

"라울은 이런 게 좋아?"

"……너는 정말로 상대해 주기가 어렵네."

허리에 손을 댄 채, 무겁게 한숨을 내쉬었다. 참고로 이건 딱히 일부러 취한 포즈도 아니고, 지금 발언도 본심이었다. 이 녀석과 비교하면 빅토리아는 알기 쉬워서 좋았는데ㅡ. 뭐, 무슨 짓을 당하든 전혀 마음이 꺾이지 않는 최강 정신력의 소유자라는 부분은 빅토리아와 크리스티아나 모두 닮은꼴이지만.

독극물 같은 이 두 여자와 비교하면 남자들은 완전히 엉망이었네. 어느 놈이든 금세 훌쩍훌쩍 울음을 터뜨리고. 나는 직전에 처리하고 온 벤델을 떠올리며 감옥 옆에 기댔다.

"있잖아, 크리스티아나. 내일부터 네 재판이 시작된다던데."

"그래? 하지만 안 무서워. 나는 이 목숨을 가지고, 모든 사람의 죄를 짊어지는걸. 라울의 죄도 나한테 맡기겠어?"

무슨 소리야, 이 녀석. 성대하게 한숨을 내쉰 나는 어린아이를 달래는 것 같은 태도로 크리스티아나에게 가르쳐 줬다.

"알겠냐, 네가 벌을 받는 건 너 자신의 죄 때문이야. 너는 성스러운 신의 아이로서 사람들을 위해 희생되는 게 아니야. 단순히 악인이니까, 이 세상에서 나가라는 소리를 듣는 거라고."

나는 일찍이 이 성녀님이 『선행』이라고 주장했던 소행에 대해서 기억을 되짚었다.

◇ ◇ ◇

"어— 너무해—. 라울을 위해서 이것저것 해줬는데."

"이것저것? 빅토리아한테 쓸데없는 훈수를 둔 거 말이야?"

"어라. 아하하. 어떻게 알았어?"

"과거시 마법으로 봤으니까."

아직 마왕의 쓰러뜨리기 전의 일. 당시부터 나를 마음에 들어하던 빅토리아는, 자신의 호의에 응하려고 하지 않는 나를 상대로 서서히 짜증이 쌓이기 시작한 참이었다.

그 상황을 알아차리고 불쑥 끼어든 것이 크리스티아나였다.

『있지있지, 빅토리아. 라울에 대한 사랑으로 고민하는 거지? 상담해 줄 수 있다고?』

『어머, 무척 뻔뻔스러운 성녀님이시네요. 내게 타인의 조언 따윈 필요 없어요. 나를 모욕한다면 성녀일지라도 사형에 처할 거라고요?』

『어—, 무서워라. 나는 빅토리아를 친구라고 생각했는데.』

『분수도 모르는 게……. 크리스티아나 경, 전하께 대한 무례

입니다!』

산드라가 떠들어도 크리스티아나는 물러나지 않았다.

『나 있지, 주님의 목소리를 들었어. 그러니까 빅토리아에게 그것을 전하고 싶었어.』

『신 따위가 내 인생을 좌우할 수 있다고 생각해서?』

『하지만 신께서는 빅토리아와 라울은 맺어질 운명이라 그랬다고? 빅토리아만이 라울을 구할 수 있는걸.』

『어머……. 자세히 이야기 해봐요.』

어째서 여자는 운명이라는 말을 좋아하는 걸까. 어쨌든 어리석은 빅토리아는 감쪽같이 이 여자의 감언에 귀를 기울이고 말았다.

『라울은 백성을 구하고자 노력하고 있으니까, 그에 대한 찬동의 목소리가 많이 모였어. 하지만 지금 그는 마치 신을 대신하려는 것 같아서 무척 위험해.』

『어머, 그렇군요. 라울은 이제 대영웅 취급인걸요.』

『하지만 라울은 용사지 신이 아니잖아? 나는 라울이, 자신이 그저 평범한 남자라는 사실을 떠올렸으면 해. 그게 라울을 위한 일이기도 하니까. 그래서 있지, 빅토리아 네 애정의 차례야!』

『구체적으로 이야기해 보세요.』

『빅토리아는 애정을 가지고, 좀 더 본능 그대로 라울을 원해야만 해. 남자의 본성을 들추어내서 한 마리 수컷으로 떨어뜨려 버리는 거야. 그러면 라울은 빅토리아 없이는 살 수 없어.』

빅토리아는 애당초 가학적인 사고방식을 가진 여자였다. 하지만 옥좌를 손에 넣겠다는 야망이 있기에, 그때까지는 아슬아슬한 지점에서 내숭을 떨고 있었다. 아슬아슬한 그 이성을 크리스티아나의 달콤한 말이 녹여버린 것이었다.

『……흐응, 나쁘지는 않네. 이제까지는 그저 라울을 손에 넣고 싶다는 생각만 했어. 하지만 확실히 타락시키고 용사라는 역할을 벗겨내어 나만의 개로 삼는 건 매력적이야. 상상하는 것만으로도 오싹오싹해…….』

득의양양하게 웃은 빅토리아가 산드라를 불렀다.

『산드라. 나, 좋은 생각이 떠올랐어요. 당장 라울이 친하게 지내는 이들의 정보를 모아줘요.』

◇ ◇ ◇

──그리하여 일련의 비극은 시작되었다. 행동을 벌인 것은 빅토리아지만 불을 붙인 것은 크리스티아나였다.

"정말이지, 너. 쓸데없는 조언을 했단 말이야."

"어─ 사랑 이야기를 했을 뿐이라고?"

생글생글 웃으며 크리스티아나는 고개를 갸웃거렸다.

"너, 여유롭네. 이렇게 내가 눈앞에 나타났는데도."

"그게, 라울한테 무슨 짓을 당하든 무섭지 않은걸. 사람들의 죄를 짊어지고 죽는 것도, 성녀인 내 역할. 그러니까 아무것도 무섭지는 않아."

이 녀석이 죽음을 두려워하지 않는 것은 사실이다. 항상 어딘가 다른 시공을 보는 것 같은 이 녀석은 신의 사자인 자신을 신성한 존재라 믿어 의심치 않았다. 용사 파티에 있을 때부터 이미 그랬다.

『나는 신에게 사람들을 구하도록 역할을 받은걸.』

그것이 크리스티아나의 말버릇으로, 입만 열면『신』과『구제』에 대한 대연설이 시작되었다. 학식이 없는 나는 전혀 이야기에 따라가지 못하고, 어쨌든 나라와 민중을 구하고 싶은 다정한 아이구나 정도로 생각했다.

바보 같은 나와 달리 크리스티아나는 똑똑했다. 구제와 포교를 할 대상은 확실하게 골랐고, 자신의 행위가『단순한 쾌락주의라고 오해를 사기 쉽다』는 것도 알고 있었던 것이다. 당시의 크리스티아나가 내 앞에서는 청렴결백한 성녀님 이외의 다른 무엇도 아니었던 것은 그런 이유였다.

"네 사고방식은 죽는 정도로는 고쳐질 것 같지가 않네."

감각이 통상적인 인간과 다르니까 평소처럼 몰아붙이는 것만으로는 전혀 크리스티아나에게 영향이 없다. 물론 그것도 잘 알고서 계획을 세웠으니까 문제는 없지만.

크리스티아나, 일그러진 네 사상과 탁한 마음을 제대로 깨우쳐 줄 테니까.

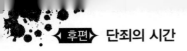

　그날, 법정 안은 꽉 들어찬 사람들로 심하게 붐볐다. 방청석은 모두 차고 입석을 희망하는 이가 벽이나 계단, 2층의 통로까지 넘쳐났다. 그럼에도 미처 들어오지 못하여 법정 앞에도 사람들이 모여 있었다. 젊은 관리가 입구의 문을 닫는 데에도 상당히 고생했을 정도였다. 판사석에는 법복을 입은 재판장의 모습이 있고 그 왼쪽으로 늘어선 것이 재판관들, 오른쪽에는 서기관이 앉아 있었다.

　참고로 나는 기척을 지우는 마법을 걸어서 민중으로 의태한 채, 2층의 방청석에서 견학을 즐기는 참이었다.

　내가 왕도로 돌아온 다음 날부터 시작된 크리스티아나 올컷 단죄 재판, 통칭 『올컷 마녀재판』은 두 달에 걸쳐서 진행되어 오늘 마침내 최종 변론 및 판결의 선고가 내려지게 되었다. 그래서 법정 안이 이렇게나 떠들썩한 것이었다. 크리스티아나를 잔뜩 성녀라고 따르던 국민들은 그녀에게 마녀 의혹이 제기된 순간, 태도를 홱 바꾸어서 규탄을 시작했다. 마치 축제를 즐기는 것처럼. 자, 지금도 이런 식으로——.

　"죽어라, 이 악마!"

　"우리를 속여대기나 하고! 지옥에 떨어져라!"

　"뭐가 성녀냐! 역겨워!"

밧줄로 양손이 묶인 크리스티아나가 들어온 순간, 민중에게서 노도의 기세로 야유가 쏟아졌다. 크리스티아나는 그 정도로 동요할 여자가 아니고, 애당초 야유 따윈 전혀 귀에 들어갈 것 같지도 않다. 등줄기를 쫙 펴고 앞을 보는 크리스티아나의 눈은 어디도 아닌 장소를 바라보듯 멍했다. 그런 주제에 입가에는 평소의 희미한 미소를 띠고 있기에 어쩐지 이 세상의 존재가 아닌 것처럼 보여서 참으로 꺼림칙했다. 아무래도 그것이 더더욱 사람들의 빈축을 산 모양이었다. 법정 안의 소란이 격렬해졌다.

"뭘 웃는 거야, 이 걸레!"

"본인이 저지른 짓을 알고나 있느냐, 이 창녀!"

"정숙, 정숙."

재판장이 나무망치를 두들겨 주의를 줬다. 일어서서 주먹을 들고 있던 방청객이 마지못해 자리에 앉고 간신히 조용해졌다.

"이제부터 크리스티아나 올컷이 저지른 다수의 죄상에 대해 재판을 진행하겠습니다. 첫 번째 증인, 앞으로."

"아, 예."

불려나와 자리에 선 것은 크리스티아나의 이모라는 묘령의 여자였다. 그녀는 피고인석의 크리스티아나에게는 눈길도 주지 않고 총총히 증언대로 향했다. 발언을 하기 전에 묘하게 요염한 동작으로 뒷머리를 정리하고 재판관들에게 곁눈질을 보내는 무의미한 행동을 취하기 시작했기에, 나는 그만 웃음을 터뜨릴 뻔했다. 어쨌든 사람을 유혹하지 않고서는 견디질 못하는 거냐고. 정말로 피는 못 속이는구나.

【증인 1, 크리스티아나 올컷의 이모】

"조카인 크리스티아나는 무서운 아이입니다. 그녀는 제 여동생 부부, 다시 말해 친부모를 세뇌해서 자살로 몰아붙였습니다. 그것을 영혼의 구제라고 주장하며……! 어릴 적부터 말솜씨가 좋아서 주위의 인간을 제멋대로 조종하는 아이였습니다. 저도 감쪽같이 속아 넘어갔죠. 태연하게 타인을 함락시키고 죄책감 조차 느낀 적 없는, 그야말로 마녀입니다!"

【증인 2, 병사】

"저 여자한테 동료들이 유혹을 당했습니다! 저 여자는 남자를 보고는 말을 걸고 허리를 흔들어서…… 예? 저 말입니까? 저는 성실한 인간이니까요. 성녀도 마음을 주지 않을 거라 생각해서, 제게는 말을 건네지 않았을 테죠. 바로 그렇습니다! 저는 설령 저 악마가 꼬드겨도 상대하지 않았을 겁니다! 처음부터 이상하다고 눈치는 챘습니다. 이제까지 규탄하지 못했던 것은, 성녀라는 입장의 상대를 의심했다가 신에 대한 모독이 될 것이 두려웠기 때문입니다. 아마도 이곳에 있는 여러분도 그랬을 테죠, 그렇죠, 여러분!"

【증인 3, 신부】

"저 여자는 악마입니다. 아아, 두렵군요. 저는 이만한 힘을 가졌음에도, 저 악마에게는 대적할 수 없었습니다. 크리스티아나의 꼬드김에 넘어간 여자는 타락하고, 마음이 병들고, 누가 부친인지도 모르는 아이들을 품고서 자살해버렸습니다."

재판에서는 소집된 증인이 번갈아 앞으로 나와서 크리스티아나의 악행에 대해 폭로했다.

애당초 크리스티아나는 빅토리아에게 무서운 조언을 주어 나라에 위기를 초래했다는 죄로 체포당했다. 하지만 뚜껑을 열고 보니 줄줄이 나오는 수많은 여죄들. 다양한 악행의 뒤에 성녀가 있었다는 식이었다.

크리스티아나는 용사 파티에서 활동하는 한편, 수백 명의 사람을 죽음으로 몰아넣은 것이었다. 결코 자신의 손은 더럽히지 않고. 안타깝게도 이번에도 앨링험이나 벤델 때와 마찬가지로, 나 자신의 손으로 이 여자를 죽일 수는 없었다. 하지만 이 또한 벤델 때와 마찬가지, 크리스티아나를 미워하고 죽일 만큼의 이유를 가진 녀석이라면 잔뜩 있었다.

증인들은 다들 묻지도 않았는데 『자신이 크리스티아나를 이제까지 규탄하지 못했던 어쩔 수 없는 이유』를 몹시 열성적으로 이야기하고 싶어 했다. 마치 그렇게 함으로써 크리스티아나를 숭배했던 사실을 없었던 일로 만들 수 있다고 믿기라도 하는 모양이었다.

도마뱀 꼬리를 자르듯 내버려진 성녀님은 불쌍하구나. 이 안에는 아직 크리스티아나를 성녀라고 숭배하는 자도 있을 테지만, 국왕과 내가 무서운지 겉으로는 전혀 나오지 않네. 딱히 나는 크리스티아나를 지지하는 상대를 어떻게 하려는 생각 따윈 전혀 없는데 말이지. 그런 생각을 하는 사이, 오늘 마지막인 네 번째 증인으로 내 이름이 불렸다.

"용사 라울 에반스. 증언대로."

내 이름을 듣고 군중이 술렁였다.

"예예, 내 차례네. 으차."

말했다시피 계단은 방청객으로 가득했다. 나는 이 층의 난간을 훌쩍 뛰어넘어서 증언대 위로 척 내려섰다.

"용사 라울 에반스. 선서를 낭독해 주십시오."

"선서. 양심에 따라 진실을 이야기하고, 아무것도 감추지 않고, 거짓을 이야기하지 않을 것을 맹세합니다."

"그럼 당신의 파티에 소속되어 있었을 당시, 피고 크리스티아나 올컷의 행동에 대해 증언해주십시오."

"어—, 겉으로는 다정하고 청순. 청아한 성녀님 그대로의 행동을 했으니까 어디를 가도 엄청난 인기였어. 다친 녀석들의 치료에도 꽤나 성실했지. 하지만 뒤로는 회복시킨 병사를 제물로 삼는다든지, 자기 몸을 둘러싸고 싸우도록 만들었지만. 그 건에 대해서는 두 번째 증인 심문에서 당사자가 이야기했잖아?"

"……후후."

그때, 이제까지 누가 무슨 증언을 해도 안색이 바뀌지 않았던 크리스티아나가 처음으로 시선을 움직였다.

"여러분, 아까부터 어째서 그렇게나 화가 난 표정을 띠고 있나요? 여러분은 구원이라는 것을 전혀 이해하지 못해요."

주위에 있는 이들에게 녹아내릴 듯한 미소를 띠며 크리스티아나가 입가에 손을 댔다. 평소에는 달콤한 목소리로 어린아이처럼 어미를 늘이면서 이야기하는 주제에, 성녀 모드가 되면 순식간에 총명해 보이는 여자로 바뀌니까 여배우도 아주 질릴 판이다. 게다가 효과는 절대적. 가련하다면서 엄청나게 찬양을 받았을 정도였으니, 고작 그것만으로도 재판관들이 허둥지둥했다. 서투른 매료 마법보다 훨씬 효과가 있으니까 대단하네. 나는 짝짝짝 박수를 쳐서 크리스티아나의 기예를 칭찬해 줬다.

"역시 대단하네. 네가 그 얼굴로 신의 사자를 연기하기 시작하면 남자들은 간단히 겁먹고 마니까. 그래서 반론이 있나, 크리스티아나? ──있잖아, 재판장. 모처럼의 기회니까 피고의 이야기를 들어주지 않겠어?"

자유로이 떠들어 대도록 만든 뒤에 철저히 몰아붙이는 편이 재미있으니까. 재판장은 엄숙한 태도로 고개를 끄덕여 크리스티아나의 발언을 허가했다.

"잘 됐네. 크리스티아나. 허락이 나왔어. 그래서 무슨 말이 하고 싶은데?"

이 자리에 모인 인간이 전부 적이라는 상황에서도 전혀 동요하지 않고, 크리스티아나는 노래하듯 이야기를 시작했다.

"증인 분들이 이야기한 내용은 전부 사실이에요. 하지만 여러분, 왜 제 행위를 악행이라고 말하는 거죠? 정말 신기해요."

"피고인. 그게 무슨 이야깁니까?"

재판장이 묻자 크리스티아나는 양손을 가슴 앞으로 맞잡고 하늘을 바라보며 드높이 외쳤다.

"제 행위는 전부 사람들에 대한 구제예요!"

기분 나쁘게도 그 순간, 창밖에서 빛이 비쳐들어 크리스티아나의 하얀 뺨을 다정하게 비추었다. 방청석에서 숨을 삼키는 기척이 느껴졌다. 그것은 마치 사람들의 마음이 홱 기우는 소리처럼 여겨지기도 했다.

민중이 너무 바보같다고? 그래, 동감이야. 하지만 이런 법이거든. 인간이란 말이지. 선과 악 사이에서 이리저리 굴러다니며 금세 끌리고, 그런가 싶으면 간단히 적의를 드러낸다. 변변히 생각도 못하고 그때의 감정에 몸을 맡기고 악행을 미워하거나, 악행에 손을 물들이거나, 정의감을 내세우거나, 무관심을 결심하거나. 혹시 이곳에 내가 없었다면 이 상태로 다들 홀라당 넘어가서, 악명 높은 마녀가 단죄당하는 일도 없이 다시금 풀려났을 테지.

하지만 안타깝게도 말이지, 크리스티아나. 내가 여기에 있어.

"네가 말하는 구원을 위해서 몇 명이나 죽었지?"

내가 그리 말하자 방청객들의 분위기가 퍼뜩 바뀌었다.

"그, 그래. 속을 뻔 했어. 또 저 마녀의 책략에 넘어갔다고!"

"정말로 무서운 여자야……! 어떻게 이제까지 성녀로 행세할 수 있었을까."

"당신, 지금 저 여자한테 홀딱 빠졌지?"

"오, 오해야! 누가 마녀 따위한테 속을까 보냐……!"

폭언과 야유가 날아들자 크리스티아나는 슬픈 표정으로 자신의 몸을 끌어안았다. 그런 갸륵한 태도를 취해도 마음속으로는 전혀 동요하지 않잖아. 그야, 눈빛이 전혀 흔들리지 않았다.

"저는 성녀라고요? 주님께 선택받은, 이 지상에서 가장 성스러운 존재. 그리고 여러분은 살아있는 것만으로 죄를 계속 저지르는, 어리석은 죄인이에요. 그런 죄인인 여러분은 성녀인 저와 이어지며 정화되고 구제받는 것인데."

방청객들이 술렁이며 서로 얼굴을 마주 봤다.

"제 부모님이 자살했다? 그것으로 두 사람의 영혼은 정화되어 신의 나라에 다다랐어요. 마찬가지로 자살하신 여성들도, 사랑하는 태아가 이 세계의 죄로 더럽혀지지 않고 함께 낙원으로 여행을 떠난 거예요. 저와 몸을 섞은 남성들은 모두, 성스러운 이와 닿았기에 그 죄를 사할 수 있었죠. 그것이 대체 어째서 심판받아야 할 죄인가요? 여러분은 악마에게 영혼이 사로잡혀서 눈이 멀어버린 거예요."

그야말로 터무니없는 이론이네.

허나 무시무시하게도 크리스티아나의 눈빛은 이런 순간에도 흔들리지 않았다. 저 녀석은 자신의 망언을 진심으로 믿는 것이었다. 아아, 무섭네 무서워. 이런 이단자는 단순한 사기꾼보다 훨씬 질이 나쁘다.

크리스티아나의 표정, 말투, 동작, 온몸에서 넘치는 절대적인 자신감. 『나는 신의 사도』라는 강렬한 생각을 마주한 사람들은, 대개 그 열기에 삼켜져서 간단히 세뇌를 당해버리는 것이었다.

게다가 크리스티아나는 구원이라 주장하며 자신의 몸을 제공

하여 다양한 쾌락을 선사한다. 증언자들은 다들 '이 세상의 것으로는 여겨지지 않는 쾌락을 주었다'라며 입을 모아 말했다. 그렇게 '달콤한 말'과 '흠뻑 선사하는 쾌락'에 빠져버린 것이었다. 성녀 앞에서 타락하는 자가 끊이지를 않았던 것도 무리는 아니다.

하지만 이 자리에서는 아무리 남자들이라도 주위 여자들한테서 시선이 박히는 모양이었다. 이번만큼은 크리스티아나의 미인계에 세뇌당하지 않고, 어쩐지 아쉬워하는 기척을 남기면서도, 욕설을 퍼붓는 쪽으로 돌아갔다.

"무슨 소릴 하는 거야, 이 악마!"

"마녀가 자신의 행위를 정당화하기는……!"

"정숙! 정숙!"

날아드는 욕설도 크리스티아나에게는 전혀 통하지 않았다. 저 녀석은 가련함을 담은 눈빛으로 방청석을 둘러보고 크게 팔을 펼쳤다.

"영혼의 수준이 낮은 분들은 이런 경지에 다다르지 못하는 거예요. 하지만 주님께서는 당신들을 보고 계세요. 어리석은 당신들도 구하도록 주님께서 말씀하시니까, 저는 당신들을 구원하겠어요."

"시끄러워! 닥쳐라!"

"웃기지 말라고, 남편을 돌려줘!"

"정숙! 정숙!"

법정의 흥분은 수습되지 않았다. 열기가 극한에 다다랐을 때, 한층 더 높은 망치 소리가 울려 퍼졌다.

"지금부터 판결을 내린다! ——재판에 따라, 크리스티아나 올 컷은 마녀로 확정되었다. 따라서 화형에 처한다!"

그 순간, 법정에는 대갈채가 터졌다.

"죽여라! 죽여라!"

민중들의 광란과는 달리, 나는 지독히 차가운 기분으로 떠들 썩한 축제를 지켜봤다. 너희가 아무리 기뻐한들 크리스티아나의 마음이 움직이지는 않는다고. 저 녀석은 정말로 신을 믿으며, 자신이 죽는 것으로 너희의 죄를 구원할 수 있다고 믿으니까.

다시 말해, 이래서는 복수가 되지 않는다. 죽음을 두려워하지 않는 자를 죽여봐야 어떻게 만족할 수 있겠나? 저 신앙심을 꺾 는 것이야말로 진정한 복수다.

◇ ◇ ◇

며칠 뒤. 밧줄에 묶인 크리스티아나가 감옥에서 처형장으로 끌려 나왔다. 모여든 민중의 야유는 감옥에서 나온 순간부터 한 순간도 그치지 않았지만, 크리스티아나는 도를 깨달은 것 같은 태도로 계속 미소를 띠고 있었다.

"죽여라! 죽여라!"

"빨리 그 녀석을 죽여!"

민중의 기세는 굉장했다. 착석할 수 있는 인원이 정해져 있는 법정과 달리, 처형장 주위에는 재판 때와는 비교도 안 될 정도 의 사람으로 가득했다. 떠오르는구나. 내가 처형될 때도 이런 분위기였던가.

"처형 개시 시간은 아직이냐!"

"두근두근하네! 화형을 당하는 죄인은 몇 년 만이냐!"

그런 목소리를 들으며 나도 처형장 중앙으로 시선을 향했다. 그곳에는 장작이랑 볏단이 잔뜩 깔렸고 단단하게 말뚝이 세워져 있었다. 이단자의 처형 방법은 화형으로 정해져 있으니까 굳이 입 밖으로 꺼내지는 않았지만, 나는 이 방법을 그다지 좋게 평가하지 않는다. 겉모습의 잔혹함에 비해서 본인이 겪는 고통은 대단하지 않으니까. 어차피 연기를 마시고 정신을 잃어 그대로 사망하겠지. 불을 붙인 뒤부터 죽을 때까지의 시간이 순식간이니까 말이야―. 내가 고개를 갸웃거리는 사이, 하얀 죄수복이 입혀진 크리스티아나가 처형장 안에 모습을 드러냈다. 세상에나, 녀석은 주위를 둘러보고 생글거리며 손까지 흔들었다.

"여러분, 미안해요. 사실은 여러분의 몸에도 구제라는 쾌락을 가져다주고 싶었는데……. 제가 할 수 있는 건 여기까지인 모양이에요. 하지만 여러분의 『살아있다』라는 죄는, 제가 죽음으로써 속죄할 테니까요. 죄 깊고 어리석은, 더러운 민중 여러분! 건강하시길!"

정말이지, 지루한 전개였다. 내 복수 차례에 다다를 때까지 필요한 공정이니까 가만히 참기는 하겠지만.

처형인들은 크리스티아나를 말뚝에 묶고 손발을 두꺼운 못으로 박아서 고정했다. 나무망치를 한 번 휘두를 때마다 민중들이 '와아!' 하며 기뻐했다. 하지만 금세 형세가 이상해졌다. 마녀라며 비난당하는 크리스티아나는 계속 황홀한 표정을 띠고서, 고통을 줄 때마다 감미로운 신음소리를 흘리는 것이었다. 남자들은 새빨간 얼굴로 입을 벌린 채 굳어버리고, 여자들은 그 모습에 깜짝 놀라서는 옆에 있는 남편을 때리기 시작했다. 인간 희극이 펼쳐지는 것을, 나는 웃으면서 지켜봤다.

그런 것들 모두에게서 떨어진 높은 곳에서, 크리스티아나는 그저 신에게 이야기를 건넸다.

"아아, 주여! ……이것으로 저도 당신의 나라에 다다르는 거로군요. 주여, 보고 계신가요? 저는 지금, 당신이 주신 사명을 성실히 완수하려 합니다……!"

장작에 불이 붙었다. 건조한 바람을 받아, 붉게 타오르는 불길이 더욱 격렬해졌다.

"아아, 이 몸을 태우는 불이 사랑스러워! 연기가 사랑스러워. 아픔까지 모든 것이 멋져……!"

행복한 듯 눈물을 흘리며 크리스티아나가 하늘을 향해 계속 소리 높였다.

"아앙, 좀 더…… 좀 더! 좀 더 나를 불태워! 안쪽까지 전부, 엉망진창으로 만들어 줘……."

"어째서 저 녀석, 만족스러운 표정인데?!"

"고통스러워 해! 고통스럽게 죽어!"

"우후후……훗, 우후후후! 아하하하하! 아앙, 기분 좋아, 기분 좋은걸……."

타오르는 불길에 휩싸이는 순간조차 크리스티아나는 황홀한 표정을 띠고 있었다——.

◇ ◇ ◇

——십여 시간 뒤. 철 말뚝에 고정된 크리스티아나의 시체는 새카맣게 타서 이제는 남자인지 여자인지도 분간이 되지 않았다. 입을 떡 벌리고, 그럼에도 하늘을 보고 있는 소사체를 바라보는 구경꾼은 이제 거의 없었다.

나는 으득으득 목을 꺾은 뒤, 크리스티아나의 시체를 회수하러 갔다. 하——, 간신히 처형이 끝났다. 준비치고는 길었네. 물론 이것으로 복수가 끝난 것은 아니었다. 그게 말이지, 이래서는 성녀님이 이기고 도망친 거니까.

있잖아, 크리스티아나. 너는 제대로 자신이 저지른 죄와 마주해야지. ——기대하며 기다려. 나는 지금부터 지옥 밑바닥까지 너를 따라갈 거야.

막간 2 ▶ 용사 라울의 죽음

　성녀 크리스티아나가 처형되었다는 소식을 듣고 테오도르는 왕도 교외에 있는 언덕으로 향했다. 그 언덕은 용사 라울이 복수 대상자들 자신이나 그들의 시체, 잔해 따위를 『전시』하고 있는, 지극히 악취미스러운 장소였다.

　'성녀가 죽었다면 그 녀석은 반드시 이 장소에 나타난다……'

　테오도르는 보름 전, 몰래 왕도로 들어온 이후로 계속 이때를 기다렸다. 노예 시설 해체 후, 마족들과 함께 떠난 테오도르는 종족의 부흥을 위하여 온 힘을 다하는 한편으로, 라울에 대한 복수를 결코 포기하지는 않았다.

　'자, 빨리 와라, 용사. 이번에야말로 네 숨통을 끊어놓겠어.'

　다만 감정에 내맡기고 맞서던 때와는 달랐다. 이번만큼은 승산이 있었다. 언덕 반대쪽에 숨어 있는 비장의 카드로 흘끗 시선을 준 테오도르는 입가에 어두운 미소를 띠었다.

　숨을 죽인 채로 라울을 기다리길 몇 시간, 예상대로 그는 나타났다. 등에 짊어진 시커먼 소사체를 보고 슬며시 얼굴을 찌푸렸다.

　'저 녀석의 악취미는 변함이 없네.'

　라울은 지금 콧노래를 부르며 전시물의 균형을 잡고 있었다. 지금이야말로 좋은 기회였다.

　테오도르는 들고 있던 손거울로 빛을 반사시켜 언덕 너머에

신호를 보냈다. 그 직후, 휘잉 바람을 가르는 소리가 들리고 빈틈투성이인 라울의 등에 화살 하나가 박혔다. 화살 끝에는 빛 마법으로 만들어 낸 성수가 발라져 있었다. 어둠의 힘이 깃들어 잠식당한 자에게 성수는 맹독이었다.

"뭐, 야……?"

흐릿한 목소리로 중얼거린 라울의 몸이 휘청, 기울더니 그는 그 자리에 무너져 내렸다.

'역시, 효과가 있었어……!'

환희의 비명을 어떻게든 집어삼키고 라울 곁으로 달려갔다. 아직이다. 아직 기뻐해서는 안 된다. 이 녀석의 목숨이 완전히 소멸하는 순간을 지켜보는 것이야말로 소망이었으니까.

라울은 시체처럼 흙바닥 위에 계속 쓰러져 있었다.

"놀랐네. 이렇게나 간단히 쓰러뜨릴 수 있다니."

도발하기 위해서 꺼낸 말이지만 믿을 수 없다는 심정이 있는 것도 사실이었다. 저 강한 남자가 이다지도 간단히 죽다니, 솔직히 완전히 예상 밖이었다.

"방심했구나, 용사! 손끝은커녕 눈알조차 움직이지 않지?"

꿈틀꿈틀 경련하는 라울에게 내뱉었다.

"네가 어둠 마법만 사용하는 걸 보고, 어쩌면 이럴 수도 있겠다고 생각했어. 역시 어둠의 힘에 잠식당한 네 몸은, 빛 마법에 대한 내성이 약해졌던 거네."

멱살을 붙잡고 억지로 시선을 마주하자, 라울의 눈이 멍하니 흐려지고 보라색이 된 입술이 바들바들 떨리고 있다는 사실을 깨달았다. 무언가 말을 하려고 그러지만 가늘게 숨만 내쉴 뿐이지 그러지는 못하는 듯했다.

"하하……하하하! 왜 그래, 용사? 한심하네!"

난폭하게 라울을 떠밀고, 풀썩 쓰러진 그의 등을 짓밟았다.

"마비시키는 건 정답이었구나. 네 시답잖은 헛소리에 어울리지 않아도 되겠어."

그럼에도 라울은 저항하지 못하고 그저 당하고만 있었다.

마침내 손에 넣었다. 증오스러운 원수의 몸도 목숨도 자신의 수중에 있는 것이었다. 그렇게 실감한 순간, 테오도르의 마음에 오싹오싹할 정도의 기쁨이 치밀어 올랐다.

"간신히, 널 죽일 수 있어……!"

드디어 여기까지 왔다. 그러는 한편, 몇 가지 요소가 테오도르에게 망설임을 낳았다. 하나는 노예를 해방할 때에 라울의 도움을 받았다는 사실. 또 하나는 정말로 라울을 앞지른 것이냐는 불안이었다. 그럼에도 돌진할 수밖에 없었다.

"신들의 총애를 받고 있는 너는 평범한 방법으로는 죽지 않는다고 그랬지? 그러니까 어떻게 하면 죽음에 이르도록 만들 수 있는지, 제대로 조사했어. 빅토리아 공주가 너를 죽였을 때의 방법을 이용하겠어."

조금 전에 화살을 날린 남자에게는 선불로 보수를 지불하고, 화살을 맞추면 바로 돌아가도록 전해두었다. 그래서 그 다음부터의 작업은 테오도르 혼자서 진행했다.

언덕 위에 말뚝을 박고 라울을 책형에 처하는 것은 무척 고생스러웠다. 하지만 이것은 자신의 복수다. 혼자서 해내지 않고서야 의미가 없다.

"이제 나머지는 짐승들이 뜯어 먹도록 피 냄새로 유인하는 것뿐이야."

가슴께에서 꺼낸 단검을 붙잡았다. 몇 번이나 이 단검으로 라울의 목숨을 노리고, 실패했다.

"여기에도 빛 마법의 가호를 더했어. 틀림없이 너를 괴롭게 만들어 주겠지."

마족인 테오도르에게도 성스러운 힘이 깃든 이 단검은 두려운 존재였다. 힘을 실어준 빛 마법 사용자는, '마족이라면 이 단검을 들고 있는 것만으로 목숨이 깎여나가는 물건이야'라고 충고했다. 하지만 아이러니하게도 테오도르는 왕가의 피를 이어받은 주제에 어둠의 힘이 너무나도 약했다. 어둠 속성의 힘이 강하면 강할수록 빛 마법에 따른 대미지는 커진다. 그 반대 역시도 그러했다. 덕분에 화살에 맞은 순간부터 움직일 수 없게 되어버린 라울과는 달리, 손바닥의 통증을 느끼면서도 단검을 다룰 수가 있었다.

"아이러니한 이야기야. 나는 마족으로서는 낙제생. 습득할 수 있는 마법은 단 하나뿐인 꼴이었어. 하지만 바로 그렇기에 이 단검으로 널 죽일 수 있어."

단검을 붙잡은 손바닥이 조금씩 타들어가는 것을 느꼈다. 그럼에도 테오도르는 개의치 않고, 칼자루를 꽉 움켜쥐고 있었다.

"네가 왕성으로 쳐들어와서 모든 것을 빼앗은 그날 이후, 계속 언니의 꿈을 꾸고 있어. 꿈속의 언니는 계속 괴로워해. 이 복수를 이루어서 빨리 언니를 편하게 해주고 싶어⋯⋯."

그렇다. 주저하고 있을 여유는 없다.

"쳐들어왔을 때, 너는 인간이 선, 마족이 악이라고 그랬지."

테오도르는 고개를 번쩍 들더니 그 기세 그대로 라울의 가슴팍에 단검을 찔러 넣었다. 푹, 살점이 찢어지는 소리가 나고 손에 확실한 느낌을 받았다. 이런 걸로는 부족하다.

"너는 틀렸었어. 진정한 악에게 복수하러 돌아다녔으니까, 너도 알고 있겠지?"

그렇게 물으며 몇 번이고 몇 번이고 라울의 몸을 찔렀다. 라울은 신음조차 흘리지 않고 테오도르를 마주 볼 뿐이었다.

"언니는 그저, 나라와 종족을 지키기 위해서! 모두 평범하게 살고 싶었어, 그것뿐이었는데!"

소리치는 사이에 더는 영문을 알 수 없게 되었다. 마구잡이로 소리 지르며 수십 번이나 용사의 살점을 마구 꿰뚫었다. 그럴 때마다 피가 튀고 질퍽질퍽 기분 나쁜 소리가 터졌다. 배가 터져서 내장이 튀어나와도, 테오도르는 무언가에 씐 것처럼 움직임을 멈추지 않았다.

"허억, 헉⋯⋯."

이것으로 짐승들이 몰려들 터. 금세 까마귀가 날아와서 라울의 내장을 쪼기 시작했다. 온몸이 피투성이에 장기가 튀어나온 상태임에도, 라울은 아직 살아서는 괴로운 호흡을 반복했다. 이제부터 죽는데 닷새나 필요하다니, 이 어찌나 애처로운 몸과 운명일까.

"네가 숨이 끊어질 때까지 지켜봐 주겠어."

테오도르는 라울에게서 시선을 피하지 않고 담담하게 그리 선언했다.

◇ ◇ ◇

──그 후로 닷새가 지났다. 라울의 눈알에 꼬인 파리의 움직임을 바라보며 테오도르는 그저 우두커니 서 있었다.

이 남자의 죽음을 계속 바랐다. 그 소원이 마침내 이루어졌는데도, 어째서 가슴속에서 치밀어 오르는 감정은 공허함뿐일까.

라울이 죽기만 하면 복수는 달성될 터였다.

"어째서지⋯⋯?"

그리 물어도 대답하는 이는 없었다. 라울의 시체는 그저 그곳에 매달린 채, 그의 영혼은 테오도르가 닿을 수 없는 장소로 여행을 떠나고 만 것이었다.

찰스 일가를 대신하여, 앨링험에 대한 복수를 완수했을 때에는 해냈다는 기분이 들었는데, 어째서 자신의 복수에서는 달성감이 들지 않는 것인가.

다리를 움직여 이 자리에서 떠나려는 생각도 들지 않았다. 이런 기분 그대로, 무엇으로 시선을 돌리면 되지? 용사를 죽이고 복수를 이루면 모든 고통에서 해방된다고 믿었는데. 테오도르의 마음을 뒤덮은 그림자는 지워지지 않은 채, 용사가 죽기 전과 죽은 뒤, 변한 것은 무엇 하나 없었다. 그렇다면 자신은 대체 무엇을 위해서 그를 죽인 것인가. 마음속의 상실감, 고통, 모두 이제까지처럼 여전히 그곳에 있는 것이었다. 이미 죽여야 할 상대는 사라졌는데도…….

몸에서 힘이 빠져나갔다. 테오도르는 그 자리에 무너져 내렸다.

복수 너머에는 더더욱 어둠이 기다린다는 사실을 지금 처음 알았다. 아이러니하게도 이 고통은 복수를 달성하지 않고서는 알 수가 없는 것이었다──.

복수를 갈망하는 최강 용사는,
어둠의 힘으로
섬멸 무쌍한다

3장 성녀님과 간다! 지옥 순회 투어

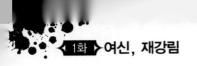

자, 그렇게 되어서 나는 테오도르에게 살해당했다. 지금 나는 죽어서 영혼이 되어 둥실둥실 떠 있는 참이었다. 빛으로 넘쳐나는, 아무것도 없는 이 공간을 방문한 것도 세 번째. 점점 죽는 것에도 익숙해졌다.

크리스티아나에게 복수하기 위해서 다시 한번 죽을 필요가 있었던 내가, 기왕이면 테오도르에게 살해당해 주자고 생각했던 데에는 이유가 있었다.

복수를 이루었을 때에, 그곳에 무엇이 남는가. 그것을 한 번 봐두어야겠다고 생각한 것이었다.

나는 복수를 바라는 인간에게는 다정하다. 그렇기에 이번 일도 결코 재미로 한 것이 아니었다. 선배 같은 느낌으로 말하자면, 아마도 복수에는 맞는 인간과 맞지 않는 인간이 있다. 무모하고 막무가내인 그 아가씨는 틀림없이 후자다. 그것은 이번 일로 본인도 깨달았을 테지.

사실은 직접 내 심정을 설명해 줘도 괜찮았을 테지만, 어차피 말을 할 수 없다는 설정이었으니까 말이지. 테오도르는 완전히 속아 넘어갔지만, 빛의 화살이 박힌 정도로 내가 움직일 수 없을 리가 있나.

정말이지, 그 빛 마법. 그딴 걸로 내가 움직일 수 없다고? 그럴 리가. 그렇게나 약했다면 진즉에 죽었거든.

이러니까 마왕이 소중하게 보호하던, 세상 물정 모르는 공주님은 안 된다니까. 만약 정말로 빛 마법이 약점이라면, 어떻게 아직도 회복 마법을 쓸 수 있겠냐고. 그 녀석, 그런 부분은 정말로 바보란 말이지. 복수에 너무 정신이 팔려 있으니까 그런 평범한 실수를 하는 거라고.

착각하지 않았으면 좋겠는데, 나는 테오도르가 싫지 않다. 바로 그렇기에 어중간한 복수자라는 사실을 그냥 넘어갈 수가 없었다. 완전히 망가지지 않을 바에야 복수 따위에 손을 대지 않아야 한다는 사실을 깨닫게 하고 싶을 정도로, 애착이 있는 존재였다.

"그 얼간이가 옛날의 나랑 닮았기 때문인지 마왕의 죽음에 책임을 느끼기 때문인지, 아니면 애착이 있다는 건 거짓이고 내가 이번에 죽기 위해 적당한 말이었기 때문에 이용했을 뿐인지. 과연 정답은 무엇일까."

아무도 없는 공간에서 그런 혼잣말을 중얼거리는 사이, 잘 아는 기척이 다가왔다.

"이것 참, 이제야 나오셨나? 이번 등장, 늦지 않아? 덕분에 아무래도 상관없는 일 가지고 곰곰이 생각에 잠겨 버렸잖아."

불평을 하며 돌아봤다.

"아아, 라울……."

촉촉한 눈빛의 여신은 지난번처럼 황홀한 표정으로, 내 곁으로 달려왔다. 양해도 없이 제멋대로 매달리는 것도 평소 그대로. 하지만 이전과 달리 왼팔이 없었다.

"그 손은 뭐야."

"당신을 부활시켰을 때의 대가로 지불했어요. 신의 세계의 법을 어기면 대가로 무언가를 지불해야만 하거든요. 목소리나 머리카락, 몸의 일부를."

"흐—응."

"라울, 당신을 위해서라면! 나는 그 어떠한 것이라도 지불하겠어요……!"

뺨을 붉게 물들이며 여신이 찰싹 달라붙었다. 제멋대로 하게 내버려 두며, 나도 그녀의 어깨를 안아줬다.

"역시 너, 도움이 되는 여자네."

"라울! 나를 인정해주는 거군요……!"

"그래그래. 네가 있어 준다면 사랑이라는 것도 조금은 믿을 수 있을지도."

"내가 라울에게 사랑을 느끼게 만들었다고……?"

"하지만 나, 마왕의 동생에게 배신당하고 상처받았어. 아무리 네 사랑이라도 나를 치유하기에는 무척 어려울 것 같아."

"그럴 수가……! 어떻게 하면 라울에게 평안을 줄 수 있는 건가요? 나 뭐든 할게요!"

"하하, 뭐든 말인가. 그럼 말이지, 들어줬으면 하는 부탁이 하나 더 있는데 괜찮아?"

나는 씩 웃으며 여신의 눈을 들여다봤다. 그리고 금세, 미안하다는 듯 시선을 피하는 것도 잊지 않았다.

"아니…… 그래도 역시 너무 의지하는 것 같네."

"그렇지 않아요! 라울에게 부탁을 받을 때에만, 나는 스스로의 존재의의를 느낄 수 있어요. 나는 이제 당신만을 위해서 존재하는 것이나 마찬가지예요. 당신의 바람을 이루어 주는 것만이 나의 행복. 자, 뭐든 말해줘요……!"

"정말로? 이번에도 상당히 하드한 내용이라고."

"상관없어요! 이 몸을 모두 당신에게 바치게 해줘요……!"

"진짜로? ……그럼 있지."

나는 여신의 귓가에 입술을 가져다 댔다. 여신의 얼굴이 새빨개지고 체온이 올라가는 것을 손에 잡힐 듯이 알 수 있었다. 그대로 내 바람을 밝히자 제아무리 여신이라도 말을 잃고 몸을 떨었다.

"그, 그런 건, 아무리 그래도……."

여신이 무언가 말을 꺼내기 전에, 나는 그녀의 입을 손으로 막아버렸다.

"으읍."

"너도 학습능력이 참 없네―. 가능한지 불가능한지, 그런 게 아니라고. 닥쳐줘."

"으응……."

여신의 몸이 오싹오싹 떨렸다. 결국 이렇다. 이 마조히스트는 밑에서 부탁하는 것보다 난폭한 태도로 명령하는 것을 더 기뻐하니까 구제할 길이 없다. 완전히 허리에 힘이 풀려버린 여신의 입에서 손을 떼고 그 자리에 내버려 뒀다.

"라울, 당신에게 도움이 될 수 있다면……! 이 눈을 대가로, 당신의 바람을 이루어주겠어요!"

여신은 마법으로 단검을 꺼내더니 기뻐하듯 나를 계속 바라보며, 촉촉한 오른쪽 눈에 스스로 그것을 찔러 넣었다.

나는 목적이 달성되는 것만을 생각하며 차갑게 그것을 바라봤다. 이런 녀석을 도우려고 하다니, 불쌍한 여자. 그래도 덕분에 나는 상당히 도움을 받았다.

"아아윽…… 윽……!"

으스러진 오른쪽 눈을 누르고 아픈 나머지 비명을 지르면서도, 여신은 나를 위하여 하늘을 향해 외쳤다.

"죽은 자를 지옥으로 이끄는 마차여, 이곳으로!"

말 울음소리가 천상에서 울려 퍼지고, 파란 불꽃으로 뒤덮인 마차가 내려왔다. 마부석에는 검은 옷을 입은 사신이 앉아서 고삐를 붙잡고 있었다. 이 녀석을 밀어내고 스스로 고삐를 잡는 것도 괜찮겠지만, 조종은 맡겨두고 나는 우아하게 마차 여행을 즐기기로 했다.

조수석에 앉아서 다음 목적지를 마부에게 명령했다. 사신은 이를 따닥따닥 울리며 고개를 끄덕였다. 해골 머리로도 제대로 의사소통이 된다니 웃기네.

"그럼 이만, 여신."

"그럴 수가, 벌써 이별이라니……!"

"──아, 그리고 네 얼굴, 예뻐졌어. 으스러진 눈이 악센트가 되어서 이제까지보다 매력적이야."

날 위해서 희생해 주었으니까 답례 대신에 립 서비스도 일단
남겼다.

"아앙, 라울……!"

여신의 배웅을 받으며 마차는 목적지를 향해 달려갔다. 다음
으로 향하는 곳은 심판의 문이다.

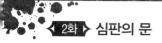

  나 같은 예외는 제쳐놓고, 보통 죽은 자의 영혼은 우선 『심판의 문』으로 향하게 된다. 사신의 마차로 『심판의 문』 바로 위에 도착하자, 저 멀리까지 죽은 사람들의 행렬이 만들어져 있었다. 돌로 만든 거대한 문과 대비되어 인간이 마치 벌레처럼 보였다.

  "이만한 인간의 죄를 판가름한다니, 문지기도 참 큰일이네."

  사신이 말을 꺼내지 않는 탓에 완전히 내 혼잣말이 되었다. 전혀 신경 쓰지 않지만.

  자, 문 너머는 세 루트로 나뉘어 있고 각각의 길 끝에는 마찬가지로 거대한 문이 서 있었다. 문에는 글자가 새겨져 있어서 신의 나라행, 전생행, 지옥행이라고 적혀 있었다. 인간의 다섯 배 정도 크기를 지닌 문지기는, 이 역시도 돌로 만든 의자에 떡하니 앉아서는 기계적인 태도로 죽은 자들의 행선지를 분류하고 있었다. 죽은 자의 영혼은 전생의 공과나 인격을 바탕으로 점수를 매겨 다음 행선지가 결정된다. 구 할이 전생, 일 할이 지옥, 신의 나라로 갈 수 있는 것은 지극히 드문 이야기. 지상에서 영웅 취급을 받을 법한 위업을 달성하고, 그러면서도 그동안에 타인을 상처 입히지 않았던 인간 정도다. 어째서 내가 죽은 자의 세계에 대해 정통하느냐면, 처음 죽어서 전생했을 때, 평범한 인간으로서는 알 수 없는 이쪽의 지식을 이래저래 손에 넣을 수 있었기 때문이었다. 그때 무심코 여신의 마음을 사로잡거나 이런저런 귀찮은 일도 있었지만, 그 지식이 지금 도움이 되고 있으니까 감사해야겠네.

참고로 한 번이라도 지옥의 문을 지나간 영혼은 그 후로도 영원히 천상의 빛을 볼 수가 없다고 한다. 내가 지옥행 마차를 부탁했을 때, 여신이 겁먹은 것도 그 때문이겠지. 하지만 이번 복수는 지옥이 무대가 아니고서야 시작할 수가 없는 일. 애당초 나는 복수를 달성한 다음의 일 따윈 전혀 흥미가 없었다. 지옥으로 떨어지든 빛을 빼앗기든 아무래도 상관없다.

그런 이유로, 지금부터가 진짜. 내가 주도하는 복수를 시작하자! 입술을 날름 핥고 마부가 잡은 고삐를 빼앗았다. 마침 지금, 긴 행렬 안에서 목표로 하는 인간을 발견했기 때문이다.

"있네, 있어."

수많은 사람 가운데 있어도 묻히지 않는다. 생전과 마찬가지로 성스러운 오라를 발하는 성녀님은 더없이 눈에 띄었다. 크리스티아나를 향해 마차로 돌진하자 죽은 자들이 일제히 고개를 들었다. 주위의 기척에 이끌리듯 고개를 위로 향한 크리스티아나는 나를 시야에 담은 순간, 눈을 동그랗게 떴다. 곧이어 사근사근한 미소를 짓고 팔랑팔랑 작은 손을 흔들었다.

"와, 라울. 잘 지냈어? 여기서 만났다는 건, 라울도 죽었어?"

"그래. 너랑 재회하기 위해서, 일부러 죽었지."

나는 크리스티아나의 팔을 붙잡고는 억지로 마차 위로 끌어올렸다.

"그런 곳에서 얌전히 순서를 기다릴 것 없다고. 네 행선지는 이미 정해져 있으니까."

내 옆에 앉아서 우아하게 행렬을 바라보는 크리스티아나는 상황도 잘 모르는 주제에 생글생글 웃고 있었다.

"그래서 라울, 나를 어디로 데려갈 생각이야?"

"지옥이야—."

내가 뺨을 괴면서 말해주자 크리스티아나는 입가에 손을 대어 놀라움을 표현했다.

"어, 지옥? 후후, 정말이지! 그건 무리야! 그게 말이지, 지옥은 죽기 전에 나쁜 짓을 저지르고서, 나같이 성스러운 사람과 어울릴 기회도 주어지지 않았던 사람들이 가는 곳이라고. 확실히 지옥의 사람들에게도 성녀의 구원은 필요할지도 모르겠지만, 그럴 수는 없겠네."

"하하하. 넌 여전히 머리가 꽃밭이구나. 너만큼 지옥에 어울리는 여자는 좀처럼 없다고 생각해."

무슨 소리를 하는지 모르겠다는 표정으로 크리스티아나가 고개를 갸웃거렸다.

"내 역할은 지상에서 완수했어. 남은 건 이제 신의 나라에서, 주님의 사랑을 받는 것뿐이야."

"자자, 그런 소리 말고. 이 마차, 널 위해서 준비했다고?"

"하지만 나, 빨리 신의 나라로 가야 해."

눈썹을 늘어뜨린 크리스티아나는 마치 분별력이 없는 꼬맹이를 상대할 때 같은 말투로 나를 타일렀다.

"모처럼 권유해 주어서 기쁜 심정은 있어. 하지만 내가 주님을 기다리시게 만들 수는 없어. 틀림없이 주님은 나를 맞이할 순간을 기대하고 계실 테니까. 성녀인 내가 그것을 배신한다든지, 그럴 수는 없잖아?"

"괜찮아, 아주 잠깐이야. 네가 말하는 신앙과 구원이라는 녀석이 잘못된 게 아니라고 증명할 수 있다면 널 풀어줄게."

"뭐……. 내 신앙심을 의심하는 거야……?"

크리스티아나는 눈을 촉촉하게 적셨다. 지켜주고 싶어지는 얼굴이라는 것을 잘 알고 있다. 실제로 이 표정에 속은 남자는 많았으니까. 다들 이런 식으로 속아 넘어갔을 테지─.

"세상에나, 라울 너무해……."

얼굴을 가리고서 울기 시작했지만 가짜라는 게 훤히 보인다고.

"라울이 믿어주지 않더라도 주님은 내 행동을 언제나 봐주셨어. 그러니까 나는, 응, 괜찮아!"

"아아, 그래. 하지만 말이지, 네가 말하는 주님의 구원이라는 녀석이 정말이라면, 어째서 지상에서 비극이 끊이지 않고 반복되는 거지?"

"지독한 일을 당한 사람은 그에 상응하는 행위를 했기 때문이야. 불행이 일어났다면 그건 그분이 했던 일의 응보이지, 주님의 탓이 아니야."

"흐응. 불행은 과거 행위의 벌, 인가."

그 말, 기억해 두라고.

"그렇다면 내기를 하자."

"내기?"

"네가 쾌락을 주어서 『구원』했다고 주장하는 녀석들이 있겠지. 그 녀석들이 정말로 구원을 받고 신의 나라에서 행복하게 살고 있는가. 신의 나라로 갈 수 있었다면 네 승리. 나는 너에 대한 복수를 포기하고 더 이상 엮이지 않을게. 신의 나라로 가는 너를 미소로 배웅해 주지."

"아핫. 그런 간단한 걸로 되겠어? 그렇다면 문제없어. 라울한테도 내가 구원한 사람들의 행복한 모습을 보여주고 싶으니까."

"그럼 바로 출발이야."

"응! 신의 나라, 기대되네."

"허? 무슨 소리야? 행선지를 잘못 알고 있네."

"어?"

"우리가 지금부터 갈 곳은, 지옥 순회 투어야!"

고삐로 말을 재촉하자 마차는 단숨에 가속했다. 순식간에 지옥의 문이 가까워졌다. 마차가 다가가는 것에 맞추어 끼기기긱 소리를 내며 중후한 문이 열렸다. 문 안쪽은 어두침침한 보라색 안개로 가득해서 안의 모습은 보이지 않았다.

"그, 그만해, 라울……! 어째서 이런 짓을 하는 거야……?!"

"천국으로 가기 전에, 우선은 네 지인이 지옥에 없는지를 체크해야지."

"있을 리 없어. 다들 당연히 신의 나라에 있다고……! 꺄악."

마차가 덜컹덜컹 흔들렸다. 균형을 잃은 크리스티아나는 새된 목소리를 내지르며 필사적으로 매달렸다.

"그렇게 얌전히 있어. 금방 첫 목적지에 도착해."

"시, 싫어! 신의 나라로 가! 지옥 같은 무시무시한 곳에는 가고 싶지 않아! 더러워, 싫어!"

"네가 내기에 이기면 어차피 신의 나라로 갈 수 있을 테니까, 한번 지옥도 봐두면 좋잖아."

"싫어! 아니, 무리야……!"

"예이예이. 그럼 간다―."

"꺄아아아아아아아악."

크리스티아나의 비명도 헛되이, 마차는 맹렬한 속도로 지옥의 문을 통과했다.

　지옥으로 이어지는 문을 지나 아래층을 향해 거침없이 내려가자, 이윽고 조금씩 보라색 안개가 흩어지기 시작했다. 하지만 그와 반대로 문을 넘어선 순간부터 감돌던 묘지처럼 정체된 공기는 점점 농후해졌다. 머리 위에는 어스름하게 구름이 뒤덮듯이 떠 있어서 숨이 막힐 것 같은 압박감을 주었다.

　"허어. 멋들어지게 지옥이라는 느낌의 장소네."

　"……윽."

　옆에 앉은 크리스티아나는 입가를 양손으로 덮고 뾰로통한 표정을 만들었다.

　"그게 뭐야."

　"지옥의 공기를 가능한 한 마시고 싶지 않아!"

　"바보구나, 너. 손을 입에 대는 것만으로 막을 수 있겠냐."

　"기분 문제야!"

　"이런. 저길 봐. 시답잖은 이야기를 나누는 동안에, 첫 목적지에 도착했어."

　시든 나무들 사이에 마차를 세우고 크리스티아나를 내렸다. 『마견의 언덕』이라고 불리는 이 형벌장의 특등석으로 데려가기 위해, 나는 싫어하는 크리스티아나를 억지로 데리고 언덕 위로 올라갔다.

『ㅇㅇㅇㅇㅇㅇ…… 아아…… 아아아아…… ㅇㅇㅇㅇㅇ……』

"뭐, 뭐야. 이 기분 나쁜 목소리는……."

어디선지 모르게 들리는 신음소리에 크리스티아나가 몸을 떨었다. 예이예이, 지옥이 무섭다는 연기, 수고하시네.

"있잖아, 크리스티아나. 이 숲은 말이지, 색욕에 빠진 녀석들이 떨어지는 형벌장이야. 너와 주지육림을 함께 즐기던 녀석들이 없으면 좋겠는데?"

크리스티아나의 뺨이 꿈틀, 움직였다. 호오. 존재조차 잊었으려나 생각했더니 기억력은 좋은 모양이네.

"누구 이야기를 하는지는 아는 것 같아서 다행이야."

내가 꺼낸 것은 용사 파티를 결성한 당시에 종사해준 젊은 용병들의 이야기였다. 그들은 내가 모은 용병으로, 원래는 순수하고 올곧은 마음을 가진 젊은이들이었다. 그런 이들을 이 성녀님이 추파를 던져 유혹하고 타락시킨 것이었다.

——그렇다, 그것은 마왕 토벌을 막 시작했을 무렵. 아직 내파티의 멤버가 벤델뿐이던 당시의 일. 여러 마을을 돌며 함께 싸울 사람을 모으던 나는, 대중식당 한구석에 틀어박혀 있던 젊은이들과 만났다. 그 녀석들은 싸구려 술을 한 손에 들고 분하다는 표정으로 이야기를 나누었다.

"국왕이 파견한 용사 일행이 용병을 모집한다고? 흥. 어차피 우리 같은 놈들을 상대해줄 리가 없겠지……."

"나라를 지키는 데에도 출신이나 신분이 중요시되니, 짜증난다고. 하아……. 어디서 일자리가 떨어지지는 않으려나……."

확실히 나라가 모집하는 병사는 그들의 말대로 신분이나 출신지 등을 바탕으로 선발되고 있었다. 하지만 내가 찾는 용병은 그렇지 않았다. 나라를 구하고 싶다. 나라를 위해 활약하고 싶다. 그리 바라는 사람에게는 평등하게 기회를 주고 싶다 생각했던 것이다.

나는 그 녀석들에게 말을 걸어서 내가 누구인지를 밝히고 함께 싸우지 않겠냐고 권유했다. 그 녀석들은 눈을 동그랗게 뜬 채로 말을 잃어버렸고, 좀처럼 다음 대답이 돌아오지를 않았던가.

"다, 다다다, 당신이 용사 라울⋯⋯?! 그런 사람이 직접 말을 건네주다니⋯⋯. 아니, 하지만 들었잖아? 우리는 학식도 별다른 신분도 없다고⋯⋯."

"의욕만 있으면 돼."

"이제껏 그저 싸우기만 했던 반편이야. 그래도 괜찮겠어?"

나는 '물론이지'라며 고개를 끄덕이고 그들에게 미소를 건넸다.

"나도 시골 출신이야. 피차일반이잖아."

"그, 그런가⋯⋯?"

"그래. 오히려 이 마을은 내 고향과 비교하면 상당히 도회지라고. 게다가 너희, 싸우기만 했다면 실력은 확실하겠지?"

그러면서 어깨를 두드리자 그 녀석들은 기쁜 듯 씩 미소로 답했다.

"그래, 그것만큼은 자신이 있어! 성실하게 일할 테니까, 잘 부탁해!"

"우리는 기회가 없었을 뿐이지, 사실은 사람들을 위한 일을 하고 싶었거든."

그러면서 일어선 그들과 나는 단단히 악수를 나누었다. 그들을 실제로 무척 성실하게 일해 주었다. 삼 개월 뒤, 크리스티아나가 파티에 가담할 때까지는——.

진지하게 매일매일의 임무에 나서던 그들에게서 패기가 사라지고 하나, 또 하나 아무 말도 없이 실종되는 이가 나타나기 시작한 것이었다. 몇 번이나 개별적으로 이야기를 나누었지만 돌아오는 대답은 그저 종잡을 수 없었고, 용병들은 다들 점차 나 자체를 피하게 되었다. 결국에 스무 명이던 용병은 하나도 남지 않고 내 곁을 떠나버렸다.

당시의 나는 무언가 내게 잘못이 있었을까, 스스로의 행동을 돌아볼 뿐이었기에. 배후에서 조종하는 크리스티아나의 존재를 전혀 깨닫지 못했던 것이다.

"크리스티아나. 네가 직접 가르쳐 줘. 그 녀석들한테 대체 뭘 했던 건지."

"뭘 했냐니, 당연히 쾌락을 주었지. 그들은 본인의 출생이나 신분에 항상 불만을 품고 있었잖아? 기껏 주님께 생명을 받았는데도 불평하다니 무척 깊은 죄야. 그래서 내가 그들과 접하여 그들의 더러운 영혼을 정화해 줬어."

죄책감이 전혀 느껴지지 않는 태도로, 크리스티아나가 술술 설명했다. 그때도 내가 이렇게 물었다면 크리스티아나는 솔직하게 이야기했을까.

"하지만 한번 구원해 주면 독점욕을 드러내거나 다시 한번 해달라고 졸라대니까 큰일이었거든. 나는 혼자서도 많은 이와 접해서 더러운 영혼을 구원해야만 하는데. 그래서 관계를 가진 사람들에게 『나를 사랑한다면 날 위해 죽어서 주님의 곁으로 가달라』 부탁했어. 그러면 다들 반드시 죽어줬으니까, 신의 나라에는 내가 구원한 사람들이 잔─뜩 있을 거야. 그 용병들도 모두."

"호오─. 하지만 이상하네. 크리스티아나. 그럼 저건 뭘까?"

"어?"

어리둥절한 표정으로, 크리스티아나가 내가 가리킨 방향으로 시선을 향했다. 마침 언덕을 모두 올라와서 시야가 트였기에, 시든 숲속에서 벌어지고 있는 형벌의 모습을 제대로 바라볼 수 있었다.

"뭐, 뭐야, 저거……."

제아무리 크리스티아나라도 태연하게 미소를 띨 수는 없었나 보다. 깜짝 놀라서 본성이 드러났는지 평소보다 낮은 목소리를 터뜨렸기에 살짝 웃어버렸다. 괜히 교태를 부리는 가짜 목소리보다 그쪽으로 이야기해 주는 편이 알아듣기 편할 것 같은데 말이지. 그런 생각을 하며 나도 그 진귀한 광경을 관찰했다.

시든 나무 사이를 알몸의 인간들이 필사적인 모습으로 도망치고 있었다. 그들을 괴롭히듯 쫓아다니는 것은 지옥의 마견 케르베로스였다. 몸통에 달린 세 머리는 흉악한 형상으로 엄니를 드러내고, 그 입에서 끊임없이 불꽃의 숨결을 토해내고 있었다. 아무리 필사적으로 도망치더라도 거대한 짐승의 영역에서 벗어날 수 없다. 저 두꺼운 다리에 얻어맞고 땅바닥에 쓰러지는 것이 최후. 케르베로스는 비명을 지르는 인간의 몸을 물어뜯고 입에 문 채로 고개를 흔들고는 변덕스럽게 내뱉었다. 세 머리가 서로 달려들어 다투는 사이, 몸 곳곳이 갈가리 찢겨 나갔다. 저 짐승은 죄를 저지른 인간을 완전히 장난감으로 생각하는 듯했다.

"갸아아아아아아아악, 아아아아아아아."

장난감이 비명을 지를수록 마견은 흥분하는지 더욱 지독하게 고통을 주기 시작했다. 그래그래. 죽어서 영혼만 남더라도 감각은 모두 살아있을 무렵 그대로다. 통각도 물론 있다.

나무 사이에서는 고통에 몸부림치는 죄인들의 모습을 안주 삼아 형벌장의 파수꾼인 악마들이 연회를 벌이고 있었다.

"하하하, 좋아 좋아!"

"더 발버둥 쳐라!"

"기껏 죽지 않는 몸이니까, 그걸 살려서 우릴 즐겁게 하라고!"

악마들은 야유를 던지며 틈틈이 숨을 잔뜩 마시고, 배를 붙잡고서 껄껄 웃었다.

"저렇게 구경하는 거 괜찮네. 나도 다음에 복수할 때는 흉내를 내봐야겠어."

"있지, 라울. 이만 가자. 이런 거 보고 싶지 않아……. 더러워."

크리스티아나가 내 팔을 잡아당기며 필사적으로 호소했다.

"어, 그래? 저 악마들이?"

"그도 그렇지만, 저 사람들……!"

밉살스럽게 손가락을 가리킨 것은, 머리부터 마견에게 뜯어먹히고 있는 인간 쪽이었다.

"저건 죄를 저지르고, 주님을 거스르고, 구원도 받지 못했던 죄인이잖아? 그러니까 지옥에 떨어진 거야. 저런 거 보고 싶지 않아!"

"흐응. 그러니까 너, 저 녀석들의 정체를 못 알아차린 건가."

"어……?"

"제대로 봐달라고. 기억에 있잖아? 아까도 말했다시피, 여긴 색욕에 빠진 녀석이 떨어지는 형벌장이야. 그렇지? 납득했지?"

"무, 무슨 소리야……?"

"어―. 딱 한 번 했을 뿐이라서 역시나 잊어 버렸나. 어쩔 수 없네."

나는 크리스티아나의 눈앞에, 과거의 재현 영상을 비추어줬다.

『앗, 아앙! 좀 더, 좀 더……!』

순간적으로 교태를 부리며 암컷 냄새를 풍기는 신음소리가 주위에 울려 퍼졌다. 마법으로 비춘 영상 안에서는 『성녀님』이 남자의 얼굴 위에 걸터앉아서 머리카락을 마구 흐트러뜨리며 허리를 흔들고 있었다. 간소한 오두막 안에는 그 밖에도 실오라기 하나 걸치지 않은 남자들의 모습이 여럿 있고, 황홀한 표정으로 크리스티아나의 나체를 쓰다듬고 있었다.

『안 돼, 이걸로는 부족해……! 모두가 신의 나라로 가기에는…… 좀 더, 좀 더 공덕을 쌓아야만 하니까…… 앙, 아웅!』

거칠게 헉헉 숨을 쉬고 뺨이 상기된 크리스티아나는 은밀한 곳을 쓰다듬는 남자의 머리를 단단히 누르고 있었다.

『내 몸을 갈구해, 성녀의 몸을! 그러면, 다들, 천국으로 갈 수 있으니까…….』

『아아, 성녀님…… 지금조차 저희는 천국에 있는 것 같아요……! 부디 더더욱, 성녀님의 가호를……!』

『줄게, 줄 테니까……! 아앙, 좀 더 격렬하게 해줘―!』

괴성에 가깝게 헐떡이는 목소리가 울리는 가운데, 크리스티아나를 돌아봤다. 크리스티아나는 이 상황에서도 태연하게 웃고 있었다. 자신의 추태를 보고서도 동요하지 않는 것은 충분히 존경할 가치가 있었다.

"하하, 이걸 보니 너는 자기 쾌락을 좇느라 정신이 팔려서 상대의 얼굴 따윈 신경도 쓰지 않았구나. 밑에 깔려 있는 녀석이야 확인할 방법이 없을 테니까 제쳐놓고, 주위에 있는 녀석을 자세히 봐. 제대로 얼굴을 기억했다면, 저기 저 녀석들이랑 비교해보라고."

나는 성녀의 턱을 붙잡고 다시 한번, 죄인들 쪽으로 돌려줬다.

"자. 아무리 그래도 이제는 알겠지? 저 녀석들이 누구인지."

"히……익."

그러고도 모를 리는 없겠지. 개들에게 희롱당하고 악마들의 구경거리가 된 저 녀석들은, 틀림없이 크리스티아나와 난교를 즐겼던 용병들이었다.

"거짓말……. 거짓말이지…….."

"너랑 하고 구원받았다면, 어째서 저 녀석들이 색욕의 죄로 지옥에 떨어지게 되었을까?"

"그, 그럴 리가 없어……! 그 행위는 성스러운 교접이라고? 신에게 선택받은 나와 접한 것이 색욕? 그래서 지옥에? 아냐아냐, 아니라고⋯⋯."

『아앙, 좀 더 좀 더⋯⋯! 그래, 그거야, 쾌락이 전부⋯⋯. 쾌락이야말로 구제야! 앙, 아앙.』

영상 속의 크리스티아나가 환희의 비명을 내지르며, 자기가 걸터앉은 남자의 코랑 입에 자신의 성기를 밀어붙였다.

『으하⋯⋯ 아앗, 으으으으.』

『아앗, 그래, 좀 더 핥아줘! 그거 좋아, 엄청 좋아⋯⋯!』

흥분한 크리스티아나가 남자의 목에 양손을 댔다. 숨을 쉴 수가 없는 남자가 괴로운 듯 몸부림칠수록 크리스티아나의 목소리는 촉촉해졌다.

"너 말이야, 이런 식으로 몇 명이나 하면서 죽었단 말이지. 그거 정말로 구원을 위해서 그랬어? 단순히 자신의 쾌락을 위해서 그러는 걸로밖에 안 보이는데."

"아, 아니야! 저 사람들은 틀림없이, 내가 모르는 곳에서 나쁜 짓을 저지른 거야! 잘 모르는, 한 번밖에 본 적이 없는 사람들이니까! 그것까지는 나도 구원할 수 없었던 거야!"

역시나 당황한 모습을 드러내면서도, 크리스티아나는 필사적으로 반론했다.

잘 모르는 상대니까, 그렇지? 그럼 이번에는 네가 잘 알고 있는 사람한테 갈까.

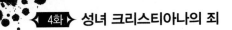

다시 우리를 태운 마차는 지옥의 심연으로 점점 내려갔다. 아비규환의 단말마가 울려 퍼지는 다양한 형벌장을 지날 때마다, 크리스티아나는 비명을 터뜨렸다. 배신자의 다리가 잡목으로 바뀌고 얼음의 칼날이 중심을 계속 꿰뚫는 형벌장. 귀신의 손에 거짓말쟁이의 혀가 두 갈래로 찢어지는 형벌장. 거대한 갓난아기 석상을, 아이를 죽인 어미의 질부터 뱃속으로 밀어 넣는 형벌장. 그것들을 크리스티아나에게 보여주며 지옥 순회 투어는 계속되었다.

옆에 앉아 있는 크리스티아나는, 처음 무렵과 달리 명백하게 안색이 나빠졌다. 어느 형벌장이든 크리스티아나가 천국으로 보냈다고 생각한 사람들이 벌을 받고 있었으니까.

이윽고 다다른 목적지에서 나는 마차를 세웠다.

"자, 봐. 여기는 이단자가 벌을 받는 형벌장이야. 저기에 있는 게 누구인지, 아무리 너라도 알겠지?"

"히……익?!"

아아, 우습네. 말을 잃은 크리스티아나를 보고 나는 웃음을 참을 수가 없었다.

이제까지 크리스티아나가 잔뜩 주장했던 구제의 개념이 완전히 뒤집혔다. 그 순간의, 크리스티아나의 얼굴을 보고 나는 최고로 기분이 좋았다.

눈을 크게 부릅뜬 크리스티아나는 깜박이는 것조차 잊고 눈앞의 광경을 응시했다. 그러고는 밀어닥치는 공포를 부정하듯 황급히 고개를 숙였다.

"아, 아니야……. 이런 곳에 있을 리가 없는걸……. 저건 가짜…… 가짜야……. 응, 그럼그럼……."

스스로를 속이려고 필사적으로 변명하지만, 그래봐야 헛수고다.

"자. 눈을 돌리지 마."

크리스티아나의 머리를 양손으로 붙잡고 억지로 처형장 쪽으로 돌렸다.

이 처형장은 화산 같은 바위산에 있었다. 계곡과 계곡 사이에는 결코 썩지 않는 나무로 만든 다리가 걸려 있고, 미래영겁 꺼지지 않는 불로 활활 계속 타오른다. 조금 떨어진 장소에 서 있는 우리에게까지 열기가 전해질 정도였다.

"이곳에 온 녀석은 저 불타는 다리를 건너게 돼. 하지만 그것만으로는 그치지 않지. 봐."

다리 위에서 구워지며 괴로움에 몸부림치는 망자들. 그중에서 특정한 남녀 둘을 나는 가리켰다. 마침 이 형벌장을 지배하는 악마가 둘에게 다가가는 참이었다. 악마는 철 몽둥이를 손에 들고서, 그것으로 남녀를 불타는 다리에 꽉 누르기 시작했다. 당연히 남녀는 뜨거워서 마구 몸부림쳤다. 우와, 너무하네. 피부가 순식간에 문드러져서 주르륵 녹아내렸다. 둘 다 아픈 나머지

버둥댄 탓에 다리에서 떨어져 버렸다.

　그다음부터가 더욱 지독했다. 다리 밑에는 부글부글 끓는 피의 연못이 있었다. 고온의 피에 삶아지고 숨이 끊어져서 연못 안으로 가라앉더니, 다음 순간에는 같은 남녀가 멀쩡한 몸으로 다리 위에 모습을 드러냈다. 그리고 또다시 불타는 다리를 건너도록 명령을 받았다. 영원히 계속되는 고문 가운데 고통스러워하는 그 남녀를 크리스티아나는 자―알 알고 있을 터.

　"가짜라니 매정한 소리를 하네? 저건 틀림없는 부모님이잖아."

　"아냐, 거짓말…… 거짓말이야아아아아!"

　자신의 머리를 쥐어뜯으며 크리스티아나가 절규했다.

　"어째서 아버님과 어머님이 여기에 있는 거야아아아아……!"

　그래, 지금 괴로워하고 있는 남자와 여자는 크리스티아나가 신의 나라로 보내주었을 터인 이 녀석의 부모였다.

　"하하하, 어째서냐고? 그런 것도 말해주지 않으면 모르는 거냐, 너는. 이단자를 믿고서 수많은 사람을 죽인 탓이잖아?"

　"이단이라니……."

　"물론 너 말이야. 그 이단자의 명령대로, 네 부모는 네게 방해가 되는 인간을 닥치는 대로 죽였단 말이지?"

　"아, 아니야……. 그건 죽인 게 아니라 구제……."

　"그―러―니―까―. 그렇다면 어째서 네 부모는 지옥에 있지? 신의 나라에서 보내는 행복한 생활은 어쨌어? 이 지옥에서 죽는 것보다도 괴로운 고통을 맛보는 게, 네가 말한 행복한 생활인가?"

　"아…… 아아아, 아……."

크리스티아나의 얼굴에서 핏기가 가셨다.

"안 돼애애애애애애애애애애애애애! 아버님, 어머니이이이이이이이이임!"

혼신의 절규를 터뜨리고, 크리스티아나는 마차에서 뛰어내렸다. 그대로 정신없이 피의 연못으로 달려갔다.

"거짓말이야…… 거짓말이야, 거짓말, 그럴 리가……."

떨면서 몸을 웅크린 크리스티아나를 보고, 피의 연못에서 버둥거리는 두 사람이 크게 소리를 질렀다.

"아아아아아악, 너, 너느으으으으으으은!"

"힉."

"크리스티아나…… 너 때문에…… 너한테 속아서, 우리느으으으은!"

피의 연못에서 기어 나온 크리스티아나의 아버지가 딸의 발목을 덥석 붙잡았다.

"싫어! 싫어, 그만해!"

"네가 우리한테! 방해꾼을 배제하라고 했으니까! 가족이, 인류가 행복해지기 위해서라고 했으니까 우리는!"

"신 따윈 없었잖아! 너 때문에, 우리가 이런 꼴이이이이이이."

"싫어어어어어! 그만해, 녹아내린 피부가 들러붙어어어어어!"

크리스티아나는 가련한 발을 들어 올리더니 친아버지의 손을 있는 힘껏 걷어찼다.

"악……."

"그아아아악!"

아버지는 비명을 지르며 떨어지고, 마침 곁에 있던 자신의 아내한테도 부딪혀서 부부가 함께 피의 연못 안으로 빠졌다.

"아……아아아…….."

망연자실한 표정의 크리스티아나가 그 자리에 털썩 주저앉았다.

"이것 참, 소중한 부모님을 걷어차면 안 되잖아."

"아니야……. 저런 건 내 부모님이 아니야! 지옥에 있다니!"

"이봐, 네가 지옥으로 떨어뜨렸을 텐데."

"아니야! 아버님도 어머님도 신의 나라로 갔어! 신의 나라로 갔다고! 저런 녀석들 몰라! 내 몸에 닿다니 더러워!"

"너는 그 모습으로 죄 깊은 이들을 구원해 줬잖아? 그럼 차별 없이 접촉해서 구원해야 하는 거 아냐?"

"싫어!"

크리스티아나는 머리카락을 흐트러뜨리며 터무니없는 소리를 내지르기 시작했다.

"저런 녀석들은 구원의 대상이 아니야! 누굴 구원할지는 전부 내가 결정하니까! 나한테 선택받지 못한 인간은 지옥에 떨어지는 거야, 너도, 저 녀석들도! 그리고 내가 선택한 인간은 행복해져! 진짜 아버님이랑 어머님은 신의 나라에서, 여신에게 축복을 받고 있으니까아아아아!"

"아하하하하! 여신의 축복이라고! 안 되지, 안 돼. 그건 너무 웃기잖아."

그 여신이 내게 반해 버린 마조히스트 여자라는 사실을 알았을 때의 얼굴도 보고 싶은데. 나는 한바탕 웃은 뒤, 크리스티아나의 어깨에 툭 손을 얹었다.

"엄청 웃었지만, 지금 그 발언들, 성녀라는 입장에서는 안 되겠지? 구원을 바란 녀석들을 내치다니 너무하잖아. 제대로 마지막까지 돌봐줘. 자, 너한테 도움을 바라고 있잖아."

"어……."

나는 크리스티아나의 머리카락을 붙잡고는 연못 가장자리에 엎드리도록 쓰러뜨렸다. 땅바닥에 풀썩 엎드린 크리스티아나는 피의 연못을 들여다보는 모양새가 되었다. 마침 크리스티아나의 눈앞으로, 피의 연못에서 부글부글 기포가 올라왔다.

"커헉, 커헉…… 커헉, 뜨거워, 뜨거워어어어어어."

"힉."

"봐. 귀여운 딸이랑 만나고 싶어서, 아버지도 어머니도 돌아와 줬다고―."

걸쭉하게 녹아내린 크리스티아나의 부모님이 연못 바닥에서 기어 올라오려고 했다. 그들만이 아니었다.

"성녀……."

"크리스티아나……. 나를 속였어…… 나뿐이라고 했는데. 행복하게 해주겠다고 해놓고서는……."

크리스티아나 때문에 지옥으로 떨어진 망자들이 피의 연못에서 차례차례 떠올랐다. 그들은 녹아내린 팔을 열심히 뻗어서 크리스티아나를 연못 안으로 끌어들이려고 했다.

"싫어어어어어어어어어어어."

공포스러운 나머지 힘이 빠져 버린 크리스티아나가 히익히익

울부짖으며 뒤로 물러났다. 어쩐지 물에 젖은 소리가 난다 싶었더니 지렸구나.

"아—아— 아까워라. 그거 말이지, 네 신자들에게 성수라면서 마시게 했잖아. 그런 곳에서 흘려버려도 돼?"

"라울, 살려줘! 빨리 마차로, 원래 있던 곳으로 돌려보내 줘!"

"어?"

"나는 신의 나라로 갈 거야! 주님은 나를 맞으러 와주신다고, 반드시!"

이 녀석, 무슨 소릴 하는 거야.

"바보구나. 신의 나라로 갈 수 있는 인간이었다면, 지옥의 문을 지날 수 있을 리가 없잖아?"

"어……?"

"이 세계에 들어올 수 있었던 시점에서, 너는 지옥행이 결정되어 있었다고. 심판을 받아도 그건 변함이 없어."

"그럴 리가……."

"이만한 인간을, 구원이라는 이름 아래 타락시켰다고. 당연하잖아?"

"……윽."

"알겠어, 크리스티아나? 너는 잘못되었던 거야. 너는 성녀 같은 게 아니야. 자신의 욕망에 빠진 마녀라고. 다른 누구도 아닌, 네가 믿은 신이 그렇게 결론을 내렸어. 그러니까 너는 지금 이렇게 지옥에 있는 거야."

크리스티아나가 망연자실한 사이에, 연못에서 기어 나온 망자

들의 손이 그녀의 다리를 붙잡았다. 이번에는 걷어찰 수 없다고. 그 수는 한둘이 아니었다. 몇십 명이나 되는 망자들이 피의 연못 안에서 손을 뻗어 너를 끌어들이려고 하는 거니까.

"싫어…… 싫어, 이거 놔……!"

죽은 자들에게 두 다리를 잡혀서 크리스티아나의 몸이 조금씩 피의 연못으로 잠겨 들었다.

"싫어어어어어어어어어어어어어어어어어어어어어!"

진심에서 우러나온 절규를 듣고 나는 만면의 미소를 띠었다. 불타 죽을 때에는 결코 들을 수 없었던 울부짖는 소리.

이거야, 이걸 원했어. 아―, 상쾌해졌다!

그러니까 크리스티아나의 복수는 이것으로 끝.

크리스티아나는 피의 연못에 빠졌다가 불타는 다리로 돌아가고, 또 거기서 피의 연못으로 빠진다. 그런 고통을 영원히 반복하는 것이다.

"쾌락에 빠진 크리스티아나 님께서, 지옥에서 피의 연못에 빠지고 불타기를 반복한다. 이것이야말로 인과응보네."

망자들의 원한이나 귀신들이 떠들어 대는 소리를 들으며, 나는 그 광란의 연회에서 등을 돌렸다.

자, 다음은―.

관에 연결된 국왕의 모습을 떠올리며 나는, 입맛을 다셨다.

후기

안녕하세요, 오노나타 마니마니입니다.

이번에 『복수를 갈망하는 최강 용사는, 어둠의 힘으로 섬멸무쌍한다』의 2권을 손에 들어주시어 감사합니다.

그리고 세상에나!

띠지에도 적혀 있다시피, 이번 달 19일에는 만화판 1권도 발매됩니다!

자화자찬이 되어버리겠지만, 만화판 정말로 훌륭한 퀄리티입니다.

아름다운 작화로 그려진 라울은 엄청나게 미남이고, 작은 칸 구석구석까지 캐릭터들다운 모습이 그려져 있고, 최고의 콘티에 최고의 작화가 더해지고 말았다……! 그런 느낌입니다.

소설로는 미처 전달할 수 없었던 등장인물들의 세세한 표정 변화를, 부디 봐주신다면 기쁘겠습니다.

자, 이번 후기는 세상에나 4페이지 분량이나 되니까, 본편의 내용에 대해서 느긋하게 이야기를 드리고자 생각합니다.

2권의 내용에 대해서도 때때로 언급할 생각이니 본편을 모두 읽으신 다음에 돌아와 주셨으면 합니다.

그럼 본편 내용 한가득으로 시작합니다.

일단 먼저 말하고 싶은 것이,

『……여동생 캐릭터 디자인, 너무 귀엽지 않습니까……?!』

기본적으로 적도 아군도 주인공도 단역도 빠짐없이 애정을 가지고 있습니다만, 여동생의 러프 일러스트를 아라야 씨한테서 받았을 때 '너 이렇게나 귀여운 외모였어?!'라며 순식간에 마음에 드는 캐릭터가 되었습니다.

얼굴이 귀엽다, 색감이, 덧니가 귀엽다, 전부 귀엽다……!

출연이 늘어나거나 전개가 바뀌지는 않았습니다만, 그리는 와중에 제가 무척 즐거웠다는 개인적으로 득 본 기분을 맛보았습니다.

다만 아직 이번 이야기에서는 『복수 갈망』다운 꼴을 당하지는 않았으니, 활약을 시키지 못해서 안타깝다는 미련도 있습니다.

그 대신이라고 하기는 그렇지만, 2권에서는 라울의 과거 동료들인 벤델과 크리스티아나가 매인 캐릭터로 복수를 당합니다.

빅토리아 때도 그랬지만, 자주 전라가 되는 캐릭터가 나오는 이야기로군요……. 그런 취미는 없다고 본편 내에서 라울이 부정하고 있습니다만, 벗기는 거 좋아하잖아, 그리 생각하며 적었습니다. (그러고 보니 신관도 벗겼지……!)

2권의 내용은 원래 성적인 쪽으로 특화시킬 생각이었기에 살

색 비중은 올라가려나 예상했습니다만, 남성진 쪽이 되리라고
는 역시나 생각하지 않았습니다.

어쩌다 이렇게 됐지.

사실 앨링험은 처음에 평범한 아저씨였습니다.

하지만 어쩐지 다 코스타 경과 겹치는 느낌이라, 누님 캐릭터
로 만들었더니 무척 쓰기 편해졌습니다.

어디선가 말한 적이 있을지도 모르겠습니다만, 누님 캐릭터와
노인을 적는 걸 무척 좋아하니까 가능한 한 등장시키고 싶습니다.

이러저러해서 갑자기 누님화된 앨링험, 지금은 여동생에 이어
서 마음에 드는 캐릭터입니다. 마음에 들지라도 간단히 퇴장하
는 것이 『갈망』……. 다만 화려하게 사라져주었다는 느낌이라
미련은 없습니다……!

성적인 것을 제외한 2권의 테마는, 『직접 손을 대지 않았다면
죄를 물을 수 없는가』라는 내용입니다.

여러분은 어떻게 생각하십니까?

1권과는 대조적인 악행이 다수 나오니까, 그것들과 비교하며
즐겨주셨다면 기쁘겠습니다!

무척 여유가 있다고 생각했는데, 이제 페이지도 남지 않았습
니다.

그럼 마지막으로 관여해주신 여러분께 감사의 인사를.

일러스트를 담당해 주신 아라야 씨, 이번에도 수많은 멋진 삽화 감사합니다! 침봉 모양 솔이 너무도 아파보여서 힉, 했습니다.

그리고 담당 H 씨, 여전히 아슬아슬한 이야기를 제출해서 죄송합니다……! 이 이야기 괜찮을까…… 그런 생각을 하며 매번 내고 있습니다만, '괜찮습다~!'라고 흔쾌히 받아주셔서 도리어 불안합니다……! 슈에이샤, 도량이 너무 넓어…….

그리고 무엇보다 본 작품을 응원해주시는 독자 여러분께 진심으로 감사를!

무사히 2권을 전해드릴 수 있었던 것도 여러분 덕분입니다.

본 작품을 즐겨주시기를 부탁드리며, 이쯤에서 실례하겠습니다.

그럼 또 어딘가에서~!

2019년 8월 모일 냉장고를 새로 바꿀지 고민하며

오노나타 마니마니

역자 후기

안녕하십니까, 본 작품의 역자입니다.

아르투어 쇼펜하우어가 단테의 신곡을 이야기할 때에, 지옥의 소재는 현실에서 가져왔으나 천국에 대해서는 묘사할 길이 없었다는 표현을 사용했다고 합니다. 실제로도 많은 창작물에서 지옥은 다양한 형태로 그려지지만 천국은 어쩐지 천편일률적으로 그려지는 경향이 있는 것 같습니다. 공포 테마의 어느 웹툰에서는 지옥보다도 더 무서운, 우주의 끝보다도 유구한 찬미와 평화만이 이어지는 장소로 그려진 것을 본 기억도 있네요.

조금 더 이야기를 해보자면, 사실 지옥에 다양한 형벌이 있고 지은 죄의 종류에 따라서 다른 벌을 받는다는 개념은 서양보다는 동양의 것이라도 볼 수 있습니다. 서양의 경우, 정확히는 천주/기독교의 경우에는 '신을 영원히 마주할 수 없고 끝없이 고통을 받는 곳'이라는 포괄적인 개념의 지옥이고, 무엇보다도 죄의 종류에 따른 분류가 아니라 회개하지 않은 불신자가 가는 곳이니까요. 『신곡 지옥편』은 정석적인 천주교의 지옥관이 아니라 단테의 창작물이고. 반면에 불교의 지옥관은 팔열지옥, 팔한지옥 같이 다양하게 존재하고 각자 지은 죄에 따라서 벌을 받는다는 인식이 확실하게 있습니다.

나름대로 지옥에 대해서 관심이 있었던 터라, 본편의 내용과 크게 연계는 안 되지만 한 번 이야기를 해보았습니다. 요즘은 자료를 찾아보기도 편하니까 각 지역의 천국관, 지옥관에 대해서 한 번 찾아보시는 것도 재미있으실 겁니다.

복수 다음에 대한 생각을 아예 하지 않고, 복수만을 위해서 끝까지 달리는 주인공은 좋네요. 요즘 연재작들을 보면 속칭 『사이다패스』라면서 조금이라도 답답한 전개가 나오면 못 버티는 독자에 대한 비평도 꽤 있는 편이고 저도 어느 정도 공감은 합니다만…… 그래도 역시나 시원시원한 맛이 있는 이야기를 싫어하지는 않습니다. 앞뒤 안 가리고 끝까지 달리는 이야기, 캐릭터의 매력은 분명히 존재하니까요. 신나죠.

이 역자 후기를 적는 현재로서는 일본에서도 2권까지만 출판이 되었고, 또 작가님께서도 후기 마지막에 다음 권이 아니라 다른 이야기에서 뵙기를 바라는 문구로 마치셨죠. 하지만 또 이야기는 충분히 다음을 그릴 수도 있을 것 같은 내용이고……. 그래서 저도 마지막 말을 어떻게 끝내야 될지 살짝 고민하다가, 일종의 절충안(?)을 한 번 만들어보기로 했습니다. 하하.

그럼 다음 권을 여러분께 선보여 드릴 수 있다면 다음 권에서, 그리고 또 다른 어딘가에서도 뵙기를 바라며 이만 마치겠습니다.

※일본과의 제책 방식 차이로 인하여
뒤에 수록된 부록 만화는 우측에서 좌측으로(←) 읽어주시기 바랍니다.

내가
개죽음
당하는 걸 보니
기분이 어때?

사랑의…
여신
이군.

빡…

아아…,
용사 라울….
저의
사랑스런
사람.

아팠죠?

제가
당신에게
힘을 내리지만
않았다면…!

더 탓해
주시어요!

…그
후회와

사랑이
진짜라면…,

…하얀…

세계….

나는 간신히 죽을 수 있었군….

여기는 시작의 장소─.

내가 라울 에반스로 전생하기 전에 있던 곳….

신연재!
만화
배신당한 전직 용사의
복수무쌍 판타지!
원작 = 오노나타 마니마니
만화 = 사카모토 아키라
콘티 = 한지
캐릭터 원안 = 아라야
복수를 갈망하는 최강용사는, 어둠의 힘으로 섬멸무쌍한다

뭔가요?
왕립 기사단
단장
산드라.

송구하오나
빅토리아
님…!

......!

아름다워.

설령 이걸로
노여움을
사더라도…!!

아름다운
이분을
지키기
위해서
라면…,

다음 이야기는 코믹스에서 확인해 주세요!

요즘에
일어난
일련의
사건들도
그래….

……

아아,
네…!!

왕녀님의
경사스러운
날인데
조짐이
안 좋군….

왕도의 문을
지키는
병사들이
전멸했다.

한 달
전ㅡ.

범인이
마물인지
아닌지
아무것도
알아내지
못했어.

왕립
기사단이
필사적으로
수사하고
있지만

게다가….

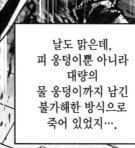

날도 맑은데,
피 웅덩이뿐 아니라
대량의
물 웅덩이까지 남긴
불가해한 방식으로
죽어 있었지….

FUKUSHU WO KOINEGAU SAIKYO YUSHA WA,
YAMI NO CHIKARA DE SENMETSUMUSOSURU 2
© 2019 by Manimani Ononata
Illustrator: Araya
All rights reserved.
First published in 2019 by SHUEISHA Inc., Tokyo.
Korean translation rights ©2023 by Somy Media, Inc.

복수를 갈망하는 최강 용사는, 어둠의 힘으로 섬멸 무쌍한다 2

2023년 06월 15일 1판 1쇄 발행

저　　　자	오노나타 마니마니
일 러 스 트	아라야
옮 긴 이	손종근
발 행 인	유재옥
본 부 장	조병권
담 당 편 집	정지원
편집 1팀	김준균 김혜연
편집 2팀	정영길 조찬희 박치우 정지원
편집 3팀	오준영 이해빈
편집 4팀	전태영 박소연
디 자 인	김보라 박민솔
라 이 츠	김정미 맹미영 이윤서
디 지 털	박상섭 김지연
발 행 처	(주)소미미디어
인쇄제작처	코리아피앤피
등　　　록	제2015-000008호
주　　　소	서울시 마포구 토정로 222, 403호(신수동, 한국출판콘텐츠센터)
판　　　매	(주)소미미디어
영　　　업	박종욱
마 케 팅	한민지 최원석 박수진 최정연
물　　　류	허석용 백철기
전　　　화	편집부 (070)4164-3962, 3963　기획실 (02)567-3388 판매 및 마케팅 (070)4165-6888, Fax (02)322-7665

ISBN 979-11-384-7782-6 (04830)
ISBN 979-11-384-1365-7 (세트)